MAINUFER

Heidi Lenz lebt heute in Frankfurt am Main – im Stadtteil Sachsenhausen. Nach einer kaufmännischen Lehre arbeitete sie in London in einem Hotel. Es folgten Tätigkeiten in der Modebranche, im Verlag und in einer Werbeagentur. Nach einem Betriebswirtschaftsstudium war sie mehrere Jahre im Personalwesen tätig. Sie besuchte die Städel-Abendschule, absolvierte dort zehn Semester und begann zu malen. Nebenbei entdeckte sie ihre Leidenschaft für das Schreiben von Kurzgeschichten. Diese wurden schon in mehreren Anthologien veröffentlicht.

*Heidi Lenz*

# MAINUFER

**Erzählungen**

*Die Handlungen und alle Personen sind völlig frei erfunden.*
*Ähnlichkeiten wären rein zufällig.*

Bibliografische Information der Deutschen Nationalbibliothek:
Die Deutsche Nationalbibliothek verzeichnet diese Publikation
in der Deutschen Nationalbibliografie; detaillierte
bibliografische Daten sind im Internet über
http://dnb.dnb.de abrufbar.

Umschlagillustration: Heidi Lenz
Umschlaggestaltung: Mathias Troll
Korrektorat: Ellen Schulz

Herstellung und Verlag: BoD – Books on Demand, Norderstedt
ISBN 978-3-7534-2943-4

# Inhalt

# Das Versteck

Er schaute auf die Stelle des Waldbodens, die er das letzte Mal so sorgfältig mit Laub und Steinen bedeckt hatte. Ein besonderes Augenmerk hatte er auf die Steine gerichtet, die nach einem bestimmten Muster dalagen. Sie selbst zeigten keine Auffälligkeiten und keine Abweichungen. Mit seinem Handy fotografierte er die Örtlichkeit. Plötzlich legte sich von hinten eine Hand auf seine Schulter. Erschrocken fuhr er herum. Mike Müller stand hinter ihm. »Es ist noch alles an seinem Platz, denn auch ich mache hierher gelegentlich einen Spaziergang«, gab Mike ihm zu verstehen.

»Ich könnte ein bisschen Geld gebrauchen«, erwiderte Heinz. »Lass uns was essen gehen und darüber reden.«

Aufmerksam gingen sie schweigend über den Waldboden zu dem ausgeschilderten Spazierweg, der zur Unterschweinsstiege führte. Im Lokal waren die letzten Mittagsgäste gegangen und die ersten Kaffee-und-Kuchen-Gäste saßen schon da. An einem Tisch bei zwei älteren Damen fanden sie Platz. Diese fanden Gefallen an den Herren, doch Mike und Heinz konnten sich weder für deren Humor noch Kontaktbedürfnis erwärmen. Sie aßen den vom Kellner zügig gebrachten Handkäse, tranken ihren Apfelwein und tauschten einen langen Blick. Nach dem Bezahlen verabschiedeten sie sich höflich und entfernten sich schnell.

»Für unseren Banküberfall haben wir unsere Gefängnisstrafe abgesessen und jetzt möchte ich auch endlich meinen Anteil haben«, murrte Mike Müller und schloss sein Auto auf.

»Wir müssen aber noch sehr vorsichtig sein«, erwiderte Heinz.

»Kann ich dich mit dem Auto mitnehmen?«, wollte Mike wissen. Heinz gab ihm zu verstehen, dass er noch weiter im Wald spazieren gehen wolle.

»Da Klaus seit längerer Zeit wieder aus Bali zurück ist, sollten wir das mit ihm besprechen«, schlug Heinz vor.

»Okay, ich rufe ihn nächste Woche an«, rief Mike ihm aus dem Auto zu und fuhr davon.

Heinz spazierte forsch durch den Wald und lenkte seine Schritte zu dem am Stadtwald liegenden Haus von Klaus Wolf. Es war ein einfaches Einfamilienhaus mit einem ungewöhnlich großen Garten, der fast schon parkähnlich anmutete. Leider stand das Anwesen in der Einflugschneise. Klaus hatte einmal erwähnt, er habe das Haus für wenig Geld gemietet.

Durch die Wolken schien zeitweilig die Sonne, die Flugzeuge flogen im Drei-Minuten-Takt über das Grundstück und die drei Freunde saßen im Garten an einem massiven Holztisch, auf dem eine gläserne Vase mit einem riesigen Rosenstrauß stand. Im ganzen Haus hingen gerahmte Poster von Franz Marc und August Macke, und die grässlichen Pseudoantiquitäten ließen einen erschaudern. Nur im Schlafzimmer stand ein massives orientalisches Bett mit vier großen Messingpfosten.

»Den Tisch haben wir auf Bali gekauft«, gab Klaus zum Besten. »Das ist wirklich ein herrliches Möbelstück«, fanden Heinz und Mike. Aber besonders stolz war Klaus auf das balinesische Bett.

Renate schenkte den Gästen ein kurzes Lächeln und servierte Sekt, Bier und einige Häppchen. Ein leichter Chanel-Duft lag in der Luft. Dann ging sie in ihren eng geschnittenen Jeans und ihrem gutgebügelten weißen Leinenhemd, das sie blass erscheinen ließ, in den hinteren Teil des Gartens. Sie hatte ihre Designersonnenbrille in der Hand und die Zeitschrift *Elle* unter den Arm geklemmt.

Die drei Freunde verbrachten eine ganze Weile damit, sich auszumalen, was sie mit dem vergrabenen Geld anfangen könnten. Klaus stoppte die Schwärmerei.

»Es reicht nicht für eine Autowerkstatt Mike. Es reicht auch nicht für ein Restaurant, Heinz.«

»Ich möchte nur mal ein paar Monate ausspannen und nicht täglich in der *Alten Markstube* kochen«, entgegnete letzterer mürrisch.

»Dafür wird das Geld sicherlich reichen, aber bedenkt, dass die Detektive der Versicherung uns immer auf den Fersen sein werden. Also Vorsicht!«

Klaus war mit seinem jetzigen Job zufrieden. Sein Chef, der Inhaber einer Immobilienagentur, wusste von seinem Bankraub und der Gefängnisstrafe. Ihn interessierten aber nur die aktuellen Verkaufszahlen. Seine Frau Renate war bereits seit Jahren, auch während er seine Gefängnisstrafe abgesessen hatte, bei einer Anwaltskanzlei tätig.

Klaus nahm einen großen Schluck Bier und lehnte sich mit verschränkten Armen zurück.

»Also, wir sind drei gute Freunde und so soll es bleiben.« Sie prosteten sich zu und jeder nahm ein Häppchen. Klaus schwieg für eine Weile und dann erhob er seine Stimme bedeutungsvoll. »In drei Monaten werden wir das Geld ausgraben und verteilen. Seid ihr damit einverstanden.« Heinz reagierte mit einem lauten: »Endlich!« Mike murmelte: »Wird auch mal Zeit.«

Der Tag der Ausgrabung des Geldes war gekommen. Alle drei trafen sich am Versteck. Klaus hatte eine große Sporttasche dabei, Heinz einige Aldi-

Tüten und Mike einen Rucksack, in dem sich ein Klappspaten befand.

Erst entfernten sie die Steine vom Boden, dann die Blätter und Heinz stocherte dann kräftig mit dem Spaten in der Erde. Alle schauten sich ständig um, ob nicht etwa neugierige Spaziergänger zu sehen waren. Unter dem Spaten konnten sie nichts Hartes ausmachen. Klaus griff ihn und stieß ihn kräftig in die Erde. Er zog sein Taschentuch aus der Hose, wischte sich den Schweiß von der Stirn und stieß fester in das Loch hinein. Nervös schaute Mike zu, nahm ihm die Schaufel weg und grub mit aller Kraft weiter. Auch als sie eine große Grube ausgehoben hatten, war die Kiste mit dem Geld nicht zu entdecken. Jeder beschuldigte wütend den anderen, das Geld geklaut zu haben. Mike ging auf seine Freunde los. Heinz schnaubte und klopfte auf seinem dicken Bauch herum und konnte sich nicht beruhigen. Klaus betrachtete seine Freunde ratlos und beschimpfte sie, dass er mit zwei Verrätern nichts mehr zu tun haben möchte. Er nahm seine Sporttasche, dreht sich um und eilte mit großen Schritten davon.

Klaus musste das Geld an sich genommen haben. Davon waren Mike und Heinz überzeugt und beschlossen, irgendwann in sein Haus einzubrechen. Mike kam der große Garten sowieso verdächtig vor. Sie gingen zornig und wütend ihrer Wege.

Als Mike zu Hause ankam, wartete seine Freundin Elena harmoniebedürftig mit einer Flasche Sekt auf ihn und wollte wissen, ob Mike die Kohle mitgebracht habe. Sie erkannte die Unsicherheit in seinem Gesicht und es erübrigte sich eine Antwort. Der Anflug eines Lächelns verging ihr. Außer sich vor Wut lief Mike in der Wohnung auf und ab. Die Aufregung ließ ihn nicht zur Ruhe kommen. Schließlich beschimpfte er Elena als faul und geldgierig. »Geh doch endlich mal was arbeiten!«

»Soll ich etwa putzen gehen? Schließlich habe ich studiert.«

Mike war über ihre vielen Studiengänge meist belustig. Einmal war es Kunst, dann Betriebswirtschaft, dann Architektur.

Tagelang dachte Mike nach und tüftelte an einer Idee, mit der er Klaus den Diebstahl des Geldes nachweisen konnte. Endlich war sein Plan ausgereift. Mit einem strahlenden Lächeln teilte er Elena mit, dass Renate wieder eine Putzfrau suche, da ihre jetzige nach Polen zurückgekehrt sei.

»Also Elena, lass uns Partner werden. Du bewirbst dich bei Renate um die freigewordene Putzstelle. Während du putzt, suchst du nach dem Geld. Wenn du das gefunden hast, teilen wir.«

Elenas Augen leuchteten und sie war sofort damit einverstanden. Zum Glück kannte Renate Mikes Freundin Elena nicht. Renate stellte sie auch sofort als Putzfrau ein.

Elena träumte von der Hälfte des Geldes und durchsuchte bei ihren Putzarbeiten sorgfältig das Haus. Oft wurde sie von Renate gelobt, dass sie besonders gründlich sei. Das Versteck des Geldes war nicht zu finden. Nun war der Garten dran. Elena machte Renate den Vorschlag, dass sie die Gärtnerarbeiten übernehmen könnte, schließlich hätte sie in Polen Gartenarchitektur studiert. Renate war damit einverstanden. Mit einer langen Stange stocherte Elena nun im Rasen herum. Inzwischen war an einigen Stellen die Erde zu kleinen Hügeln aufgewühlt. Als Renate das bemerkte, erwähnte Elena, dass sie unbedingt diesen Maulwurf fangen wolle.

Die wöchentliche Reinigung des Hauses und die Pflege des Gartens stellten Elena nicht zufrieden. Das Suchen nach dem Geld blieb ergebnislos. Lustlosigkeit überkam sie. Das Geld, das sie für ihre Arbeit erhielt, machte sie trotz Renates Großzügigkeit nicht glücklich.

Beim Putzen des Schlafzimmers sah sie eines Tages, dass das Messing des Bali-Bettes sehr beschlagen und mit Fingerabdrücken übersät war. Sie putzte die vier Bettpfosten und polierte mit einem Tuch sorgfältig die Kugeln. Beim Polieren der letzten Kugel fiel diese von der Spitze eines Pfostens herunter. Sie hob die schwere Kugel auf und wienerte sie besonders gründlich. Dann wollte sie sie wieder auf den Bettpfosten setzen. Neugierig schaute sie in den hohlen, ungewöhnlich großen Pfosten hinein und traute ihren Augen nicht. Der war mit Geld gefüllt. Vorsichtig montierte sie die anderen Kugeln von den Bettpfosten ab und entdeckte, dass auch diese mit Geld gefüllt waren.

Öfters angelte sie jetzt etwas Geld heraus und füllte die Pfosten mit zerknülltem Zeitungspapier. Nur oben platzierte sie einige der herausgenommenen Scheine. Sie versteckte das Geld in einer Sporttasche und deponierte diese in einem Schließfach. Elena entging nicht, dass Renate oft einen forschenden Blick auf das balinesische Bett warf.

Neugierig erkundigte sich Mike immer wieder, ob sie schon etwas entdeckt habe. Kleinlaut gab sie ihm aber zu verstehen, dass das Putzen ihr inzwischen viel Spaß mache und sie auch weiter nach dem Geld suche. Sie empfand ein eigenartiges Wohlbehagen.

Nachdem zwei Wochen vergangen waren, überlegte Elena, was sie mit dem Geld machen sollte und traf eine Entscheidung: Mit Mike wollte sie das Geld auf keinen Fall teilen. Heinz durfte auch nichts von dem Fund erfahren. Die Gefahr, dass Klaus in den nächsten Tagen in die Bettpfosten schauen und einiges Geld entnehmen wollte, stieg mit jedem Tag. Sie musste Frankfurt so schnell wie möglich verlassen. Elena beschloss, in ihre Heimat nach Polen zurückkehren, denn mit dem Geld könnte sie dort ein sorgenfreies Leben führen.

Sie packte ihre Sachen und erklärte Mike, dass sie zu ihrer überraschend erkrankten Mutter nach Polen fahren müsse. Sie versprach, so bald wie möglich zurückzukommen. Renate erzählte sie die gleiche Geschichte.

Der Morgen war sonnig und der Tag der Abreise war gekommen. Mike brachte Elena zum Bus, der nach Polen fuhr. Sie war nervös und schleppte mühevoll die schwere Tasche mit dem Geld. Mike lud den Rollkoffer und eine weitere Tasche in das untere Gepäckabteil des Busses. Elenas Wangen nahmen ein leuchtendes Rot an, und mit Tränen in den Augen verabschiedete sie sich mit den Worten: »Danke für alles!«

# Der Geburtstag

Der Regen hatte inzwischen aufgehört. Lohnsteuersachbearbeiter Karl Groß stand am Fenster seines Büros und schaute auf die vielbefahrene, nasse Straße. Er war ein mittelgroßer Mann und zeitlebens ledig geblieben. Er hatte eine Vorliebe für lange Schals. An seinem heutigen Geburtstag wollte er in seinem Lieblingsrestaurant feiern, und zwar allein. Alle Kollegen hatten ihm bereits gratuliert. Da öffnete sich nochmals die Bürotür und sein Kollege Schmidt trat ein, gratulierte und schenkte ihm eine Flasche Wein.

»Ein bisschen spät, aber nie zu spät. Herzlichen Glückwunsch zum Geburtstag. Was haben Sie denn an Ihrem Ehrentag vor?«

Karl Groß bedankte sich für die Glückwünsche und die Flasche Wein, machte aber keine Anstalten, sich auf ein Gespräch mit dem Kollegen einzulassen. Er räumte eiligst seinen Schreibtisch auf. Nach einem Händedruck verließ Herr Schmidt ein wenig betrübt das Büro, denn er hatte mit einem kleinen Plausch gerechnet.

Karl Groß freute sich auf einen Drink. In seinem Lieblingsrestaurant angekommen setzte er sich an die Bar. Das gedimmte Licht und die gedämpfte Geräuschkulisse ließen ihn den Arbeitsalltag vergessen. Dimi, der Barkeeper, begrüßte ihn:

»Hallo, Charly, heute wieder kräftig Steuer eingetrieben?«

An einem der vergangenen Abende hatte sich Karl Groß bei Dimi nach mehreren Glas Bier als Steuerfachmann vorgestellt.

»Charly, wie immer ein Bier?«

»Nein, Dimi, heute möchte ich einen Whisky auf Eis trinken.«

»Ein besonderer Tag heute?«

»Man wird ja nur einmal im Jahr älter.«

»Happy Birthday, mein Lieber. Erwartest du noch jemanden oder feierst du allein?«

»Da ich Junggeselle bin, feiere ich meinen Geburtstag sehr gerne allein«.

Manchmal war er traurig, dass er keine Familie und wenige Freunde hatte. Trotzdem war er von seinem Junggesellenleben überzeugt. Trinken so viel man will, Fernsehen schauen, wann und was man will, schlafen, wann man will. Karl Groß nahm den ersten Schluck Whisky.

Er ließ seinen Blick durch das Lokal schweifen und nickte den Stammgästen zu. Da öffnete sich die Eingangstür. Eine große, schlanke Dame mit langen, dunklen Haaren kam herein und nahm neben ihm Platz. Sie bestellte ein Glas Champagner und ihr Blick traf ihn kälter als das Eis in seinem Whiskyglas. Die elegante Frau faszinierte ihn. Den restlichen Whisky trank er nervös in einem Zug aus und bestellte das nächste Glas. Die schmalen Hände mit den langen, roten Fingernägeln der sündig aussehenden Schönheit schlangen sich um das Glas Champagner. Karl Groß konnte seinen Blick nicht von ihr wenden und hätte sie gerne angesprochen. Um mutiger zu werden, trank er wieder seinen Whisky in einem Zug aus. Voller Unsicherheit überlegte er, wie er die Dame ansprechen sollte. Nach einer Weile kamen dann stotternd und leise die Worte über seine Lippen: »Darf ich Sie zu einem Glas Champagner einladen?«

Mit ihren grünen Augen blickte ihn die Schönheit an und hauchte mit rauchiger Stimme: »Aber gerne«.

Dimi stellte ihr ein weiteres Glas Champagner hin, Karl Groß bekam einen weiteren Whisky, natürlich mit Eis. Inzwischen hatte ihn sein Schwips mutig gemacht.

»Ich heiße Charly«.

Die Dame prostete ihm zu.

»Darf ich Sie zum Essen einladen?«

Mit leiser Stimme erwiderte sie scherzhaft: »Aber nur, wenn Sie heute Geburtstag haben«.

»Habe ich«, beteuerte Charly beflissen.

Charly wollte die Geburtstagsüberraschung näher ansehen und griff in seine Jackentasche um die Brille herauszuholen, doch da fiel ihm ein, dass er die Brille auf dem Schreibtisch im Büro vergessen hatte.

Der Kellner wies ihnen einen weiß gedeckten Tisch im hinteren Teil des Restaurants zu.

»Ich heiße übrigens Lara und würde mich freuen, wenn wir uns duzen«, drang die rauchige Stimme an Karls Ohr.

»Aber gerne, denn ich freue mich sehr, dass du mit mir Geburtstag feierst«, stammelte Karl etwas verlegen.

Mit ihren langen, schwarzen Wimpern schaute sie ihn geheimnisvoll an.

»Was machst du denn so beruflich, Lara?«

»Ich arbeite bei den Städtischen Verkehrsbetrieben«, gab sie knapp zurück.

Charly ließ den Blick über das elegante, schwarze Kostüm schweifen und konnte sich das nicht wirklich vorstellen.

Lara orderte einen Shrimps-Cocktail und Lammkotelett. Charly bestellte das Gleiche und eine Flasche Champagner. Nachdem sich beide amüsant unterhalten und genüsslich gegessen hatten, startete Charly scherzend den Versuch: »Was machen wir denn noch mit dem angebrochenen Abend?«

Erstaunt stellte er fest, dass er sich trotz der be-

reits konsumierten Alkoholmenge so klar artikulieren konnte.

»Wir könnten bei dir noch einen Mitternachts-
cocktail trinken«, erwiderte Lara bestimmend.
Das überraschte Charly, denn das hatte er nicht
erwartet.

Ein Taxi brachte sie zu Karl Groß' Wohnung.
Der Wagen hielt vor einem ockergelben Miets-
haus. Als er Lara aus dem Taxi half, bemerkte er,
dass sie sehr groß war und auf seinem langen
Schal stand. Sie stützte sich auf Charly, fast verlor
er das Gleichgewicht. In der Parterrewohnung
angelangt, bat er Lara Platz zu nehmen. Seinen
Mantel hängte er ordentlich an die Garderobe
und begab sich in die Küche. Lara setzte sich auf
die Couch, strich ihren Rock glatt und ließ den
Blick durch die Wohnung streifen.

Auf den mit einem Häkeldeckchen bedeckten
Tisch stellte Charly zwei Gläser mit Jägermeister
und eine Schüssel Cracker.

»Du hast ja eine schöne Wohnung. Sind das alles Antiquitäten?« erkundigte sich Lara.

»Diese wunderbaren Empirestühle, die Orient-
teppiche und diese elegante Biedermeier-Couch
sehen ja nach viel Geld aus.«

»Alle Antiquitäten und die Teppiche habe ich
von meiner wohlhabenden Tante geerbt.«

Lara kam aus dem Staunen nicht heraus und
wollte alles über die Antiquitäten wissen. Charly

blickte immer wieder auf die Jugendstiluhr, die auf der Anrichte im Art-déco-Stil stand. Er verspürte Müdigkeit. Lara gähnte inzwischen auch. Von erotischer Energie war jedoch nichts zu spüren. Alkoholisiert gingen sie in Charlys Schlafzimmer und ließen sich zum Schlafen ins Bett fallen.

Als Charly morgens aufwachte, sah er, dass Lara die Bettdecke über sich gezogen hatte und fest schlief. Er wollte sie nicht wecken. Charly musste wie an jedem Werktag arbeiten. Für Lara legte er einen Zettel mit seiner Handy-Nummer auf den kleinen, chinesischen Beistelltisch.

Den ganzen Tag im Büro konnte Charly sich kaum konzentrieren. Er schaute ständig nervös auf sein Handy. Kein Anruf. Keine SMS. Er wusste nicht, ob er beleidigt sein sollte oder einfach nur traurig.

Nach Feierabend eilte er nach Hause. Vielleicht wartete Lara in seiner Wohnung auf ihn oder sie hatte ihm eine Nachricht hinterlegt. Voller Neugierde öffnete er die Wohnungstür und blickte ungläubig in die Wohnung. Im Korridor stand kein einziges antikes Möbelstück mehr. Im Wohnzimmer befand sich, außer der Jugendstiluhr, kein Möbelstück und keine Teppiche mehr. Er riss die Schlafzimmertür auf. Hier war alles an seinem Platz. Die Einbauküche war auch komplett. Er ging aufgeregt ins Badezimmer. Auch hier war alles in Ordnung, nur auf dem Waschbecken lag ein fremder Rasierapparat.

# Sommernächte

Seit dem frühen Morgen regnete es ununterbrochen aus einem traurig grauen Himmel, als wolle die Welt untergehen. Barbara Bach bog mit ihrem Auto in die kleine gepflasterte Gasse ein, in der sich die mit Efeu überwucherte Stadtbücherei befand. Ausgerechnet hier in der Provinz, aus der sie vor Jahren weggezogen oder vielmehr geflohen war, begann ihre Lesereise. Sie bezweifelte, ob das für ihren Roman *Sommernächte*, eine Liebesgeschichte, der richtige Start würde. Das Buch war kein Bestseller, trug aber dem Verlag bereits Bestellungen ein, die sich sehen lassen konnten.

Als Barbara Bach die Stadtbücherei betrat, wurde sie von einer Bibliotheksangestellten distanziert begrüßt. Ungeachtet des regnerischen Wetters trug die Frau einen kanariengelben Hosenanzug, der ihr blondes Haar blass wirken ließ. Sie konnte nicht älter als Barbara sein, aber der Alkohol hatte ihr Gesicht schon gezeichnet, und dagegen half auch keine Schminke. Barbara schaute in den düsteren Saal, in dem die Lesung stattfinden sollte und wo weder Stühle und noch Podium standen.

Einen Getränkeautomaten konnte sie auch nicht entdecken. Der gelbe Kanarienvogel bemerkte ihr Suchen und teilte ihr mit, dass es in der Bibliothek keine Getränke gebe. Ein Café befinde sich auf der anderen Straßenseite.

Die Verlagsmitarbeiterin konnte Barbara nicht entdecken, offensichtlich war diese noch nicht angereist. Barbara beschloss in das gegenüber liegende Café zu gehen. Sie nahm ihren Regenschirm, die Tasche und lief schnell auf die andere Straßenseite.

In dem nur mäßig besuchten Café setzte sie sich an die Fensterfront. An einem hinteren Tisch saß in einer Aura arroganter Einsamkeit ein Mann mit einer grauen, langen Haarmähne und schlürfte seinen Kaffee. An einem anderen Tisch saß eine korpulente ältere Dame, die mit einer Gabel den Kuchen zu Tode stocherte, wobei sie sich durch einen Kriminalgroschenroman fesseln ließ. Barbara bestellte einen Espresso und einen Grappa. Angespannt schaute sie in den unaufhörlichen Regen, in dem kein Fußgänger unterwegs war, und dachte über das Entstehen ihres Romans nach.

Um gegen ihre Einsamkeit anzugehen, nach den vielen Jahren, die sie bereits alleine lebte, hatte sie einfach damit angefangen, aus ihren Tagebuchaufzeichnungen einen Roman zu entwickeln.

Durch das Schreiben hatte sie ihren Liebeskummer aufgearbeitet, wieder Lebensmut gefunden. Und sie wollte das Ergebnis als literarische Arbeit einem Publikum präsentieren. Aber dieses kleine ungeliebte Provinznest, das wie ein Friedhof auf sie wirkte, hatte sie sich nicht dafür gewünscht.

Weil Barbara befürchtete, dass bei diesem Wetter kein Zuhörer zu ihrer Lesung finden würde, bestellte sie einen weiteren Grappa. Aus der Tasche nahm sie schließlich den Text und las ihn noch einmal. Das Buch handelte von ihr und Paul, der großen Liebe ihres Lebens. Mit ihm hatte sie in der Redaktion der hiesigen Tageszeitung zusammengearbeitet. Aber dass diese Lesung ausgerechnet an dem Ort beginnen musste, an dem die Handlung des Romans stattfand, hatte der Verlag ohne sie beschlossen. Warum auch immer.

Arbeitete Paul noch hier? Wo lebte er? Gab es noch diese eifersüchtige Ehefrau? Hatte er inzwischen Kinder? Was machte wohl seine neugierige Sekretärin? Wer von den Kolleginnen und Kollegen arbeitete noch in dem Verlagshaus? Wer würde heute zu ihrer Lesung kommen und die Kritik schreiben? Diese Gedanken ließen sie nicht los. Als ihr Verhältnis mit Paul in der Redaktion bekannt und der Klatsch unerträglich geworden war, kündigte ihr der Chefredakteur. Auf Paul, seinen besten Journalisten, konnte er jedoch nicht verzichten.

Barbaras Blick schweifte zur efeubewachsenen Bibliothek und ein plötzliches Zittern durchzog ihren Körper. Vor dem Schaukasten, in dem die Ankündigung ihrer Lesung hing, stand Paul. Er wirkte auf sie sehr gealtert und sie konnte deutlich das schüttere Haar erkennen. Sie bestellte einen weiteren Grappa. Wenn Paul zu dieser Lesung käme, würde er sich in diesem Buch wiedererkennen. Diese Peinlichkeit wollte und konnte sie nicht ertragen. Aus ihrer Tasche kramte sie den Textmarker hervor und strich einen neuen unverfänglichen Text an, den sie heute hier lesen wollte. Sie markierte eine Beschreibung der Landschaft, in der die kleine Stadt lag, dann eine Passage über ihre Arbeit in der Redaktion, über Oldtimer-Kokser und sonstige Solisten.

Die Texte über Leidenschaft, heiße Liebesnächte, Liebesspiel am plätschernden Bach, geflüsterte Liebesschwüre und den Sex in der Redaktion mussten für das Provinznest und Paul heute ein Geheimnis bleiben. Sie bestellte den vierten Grappa. Mit einem Blick auf ihre Uhr und auf die gegenüberliegende, menschenleere Gasse trank sie hastig den Grappa aus, zahlte die Rechnung und schlenderte schwankend aus dem Café.

Die inzwischen eingetroffene Verlagsangestellte hatte die Bücher auf einem Tisch, der auf einem kleinen Podium stand, bereits dekoriert. Scheinwerfer und weitere Lichter waren eingeschaltet. Das Publikum bestand aus einer spärlichen Anzahl von Leuten. Barbara ging zu dem Podium, begrüßte die Verlagsangestellte und nahm nervös auf dem bereitgestellten Stuhl Platz. Sie strich sich eine Haarsträhne aus dem Gesicht, starrte auf das Wasserglas, welches vor ihr stand und wagte einen Blick auf das Publikum. Sie zuckte zusammen. In der letzten Reihe saß Paul. Die Einführungsworte der Verlagsmitarbeiterin hallten wie eine Bahnhofsdurchsage an ihr Ohr: Sie musste jetzt aus ihrem Buch lesen. Vor ihren Augen verschwamm der markierte Text und ergab für die Zuhörer keine schlüssige Story.

Nach einer Viertelstunde verließen die ersten Zuhörer den Lesesaal. Das verbliebene Publikum lauschte irritiert ihren Worten. Der Verlag hatte doch eine leidenschaftliche Liebesgeschichte angekündigt.

Barbara hob ängstlich den Blick vom Buch und schaute in die letzte Reihe. In dieser Reihe saß niemand mehr. Sie atmete tief durch und nach dem Lesen einiger weiterer Zeilen schloss sie das Buch und bedankte sich. Der spärliche Applaus verhallte im Saal. Die Mitarbeiterin des Verlages warf Barbara zornige Blicke zu und verließ wütend das Podium. Es glich einer Flucht. Der Kanarienvogel überreichte Barbara einen Blumenstrauß in dem ein Flyer herausragte. Neugierig las sie die hingekritzelten Worte: »Dieses in geografischer Hinsicht kaum recherchierte, sprachlich schlechte und nichts sagende, weit jenseits literarischer Ansprüche angesiedelte Buch einer kleinen Praktikantin hättest Du Dir sparen können. Mehr Sex und Crime habe ich Dir immer schon nicht zugetraut. Paul.«

# Die Gartenparty

Der Grünbleichenweg war eine ruhige Straße. Heute aber fuhren einige Autos hin und her. Erst eine Straße weiter fand Anna einen Parkplatz. Sie spazierte gemächlich zum Grünbleichenweg und suchte die Hausnummer 13. Das Haus, in dem Franks heutige Gartenparty stattfinden sollte, leuchtete in hellen Farben im rauchblauen Abend.

Eigentlich hatte Anna keine Lust, aber Frank weihte sein neues Haus ein. Das wollte sie sich nicht entgehen lassen. Als Single auf einer Gartenparty war es meistens nicht so lustig, denn man traf hier größtenteils Paare. Aber alleine den Freitagabend zu Hause verbringen, empfand sie als langweilig. Ihr Lebensgefährte Uwe, mit dem sie früher jedes Wochenende zusammen gewesen war, hatte sie vor geraumer Zeit verlassen. Der Liebeskummer ließ keine Partystimmung aufkommen.

Anna ging in ihren Turnschuhen leichten Schrittes auf dem Kiesweg an Dahlien auf hohen Stängeln und mit riesigen Köpfen, die leicht rosa oder kupferfarben leuchteten, vorbei. Dieser Weg musste in den Garten führen. Dass dieses protzige Haus Frank gehören sollte, konnte sie sich nicht vorstellen. Im Garten hinter dem großen Haus im Schatten dicht wachsender Bäume bemerkte sie ein üppiges Buffet. Die Gäste waren alle elegant gekleidet. Kleinere Gruppen unterhielten sich. Leise Musik drang aus dem Haus. Ihr Pullover und ihre Jeans passten nun wirklich nicht hierher. Frank hatte von einem Dress-Code nichts gesagt. Sie stellte sich ein wenig abseits und schaute das Geschehen aus der Ferne an. Weder Frank noch einen Bekannten konnte sie entdecken. Der Hunger trieb sie schließlich zu dem Buffet. Vorsichtig jonglierte sie den Teller mit den Köstlichkeiten und das Glas Wein zu einem der Stehtische im hinteren Bereich des Gartens.

Die meisten Partys waren ermüdend, es sei denn, man trank viel Alkohol und nahm Drogen. Diese Party kam ihr besonders langweilig vor.

Ein jüngerer hochgewachsener Mann mit Brille, Jeans und einem großen, karierten Hemd fesselte ihren Blick. Sie beobachtete ihn eine Weile und bemerkte, dass er sich mehrmals suchend umschaute. Ihre Blicken trafen sich und er kam mit einem vollbeladenen Teller und einem großen Glas Bier auf sie zu.

»Darf ich mich zu Ihnen stellen? Ich kenne nämlich hier niemanden und habe auch keine Abendgarderobe an.«

»Ja, geht mir auch so, der Hausherr hatte mir leider nicht gesagt, dass ich im kleinen Schwarzen erscheinen soll«, entgegnete Anna.

»Mein Name ist Felix.«

»Ich heiße Anna.«

»Sollen wir uns nicht einfach duzen?«, warf Felix schnell ein.

»Warum nicht. Wir sind ja hier wie Außerirdische.«

Anna war ein wenig verwirrt. Was wollte dieser sympathische Mann allein auf dieser Gartenparty? Woher kannte er Frank? Sie kam gar nicht mehr dazu, Fragen zu stellen, weil Felix begann, ihr von seiner Heimatstadt, seinem Job, seinem Sportclub und seinen Lieblingsfilmen überschwänglich zu erzählen. Während er von weiteren Dingen aus seinem Leben und seinen Vorlieben berichtete, warf ihm Anna hin und wieder einen forschenden Blick zu. »Sympathischer Glücksfall«, sinnierte sie.

Die eifrige Bedienung servierte beiden mehrere Gläser Champagner, die Anna und Felix schnell austranken. Felix verschwand in Richtung Buffet und kam mit einer Flasche Champagner zurück.

»Die Kellnerin hat mir die Flasche gegeben, sie hat nämlich keine Lust im hinteren Garten zu servieren und diese Arbeit habe ich ihr gerne abgenommen«, sagte Felix verschmitzt. Die Flasche wurde zügig ausgetrunken. Das Gespräch gestaltete sich immer lebhafter und beide lachten übermütig. Nach einer Weile beschlossen sie den weiteren Garten zu erkunden.

Mit den Gläsern in der Hand gingen sie angetrunken um die große Hecke an den Rosenbeeten vorbei tiefer in den parkähnlich angelegten Garten hinein. Verschieden farbige Lichter leuchteten das dichte Blattwerk an. Mitten auf dem Kieselsteinpfad erhob sich ein aus bunten Hölzern gefertigtes, filigranes Objekt.

»Das sieht aus wie ein großer Hund.«

»Ja, ein Hund mit drei Höckern«, grinste Felix.

»Komm, lass uns doch mal auf dem reiten!«

Beide stiegen auf die Höcker und prosteten sich zu. Plötzlich krachte das Objekt mit großem Getöse zusammen. Sie landeten auf dem Kiesbett und die zerbrochenen Gläser neben ihnen. Eine Maus flüchtete in das Unterholz.

»Was machen wir jetzt?«, flüsterte Anna.

»Lass uns abhauen! Wir schauen, ob es hier einen Ausgang gibt«, entgegnete Felix.

Sie schlichen den dunklen Gartenpfad entlang, nur das Knirschen der Kieselsteine war zu hören. Am Ende des Gartens fanden sie ein großes, schmiedeeiserne Tor. Felix drückte die Klinke herunter, doch das Tor ließ sich nicht öffnen.

»Anna, da müssen wir jetzt hinüberklettern.«

Er gab Anna Hilfestellung beim Klettern und folgte ihr dann etwas mühsam nach.

Schnaufend standen sie auf einem schmalen

Weg, der nur spärlich beleuchtet war, und schauten sich um. Sie stolperten im Halbdunklen über ein altes Pflaster Richtung Straße, die sie an den hellen Straßenlaternen erkennen konnten. Deshalb bogen sie in den dunkleren Weg ein, welcher sie an einem Haus vorbeiführte, aus dem nur das Fernsehbild flimmerte. Plötzlich standen sie vor einer niedrigen Mauer, denn der Weg war eine Sackgasse.

»Ich glaube, links ist ein kleiner Weg abgegangen«, sagte Anna.

»Du könntest Recht haben. Lass uns schauen, wohin der Weg führt!«, erwiderte Felix.

Der Weg endete an einem mit Hecken umsäumten und hell erleuchteten Haus. Musik war zu hören, Leute lachten und unterhielten sich. Offensichtlich fand hier auch eine Gartenparty statt. Felix nahm Annas Hand und zog sie durch das offenstehende Tor.

Neugierig folgten sie dem mit Lampions geschmückten Weg. Als sie sich dem Haus näherten, kam plötzlich eine blonde Frau auf Felix zu gerannt und lächelte seltsam. Ihre Augen blitzten und sie rief hysterisch: »Endlich kommst du, ich warte schon auf dich, denn ich will dich unbedingt meinen Kollegen vorstellen.« Die Frau umarmte Felix stürmisch und zog ihn erbarmungslos zu einer Gruppe Menschen, die in einem Halbkreis um ein Weinfass herum standen.

Wut und Einsamkeit krochen in Anna hoch, Tränen stiegen ihr in die Augen. Ruckartig drehte sie sich um und wollte gerade schnell zur Straße rennen, als sie plötzlich die laute Stimme Franks hörte.

»Hallo Anna, na, war es schwer, hierher zu finden? Die Nummer dreizehn ist wohl nicht deine Glückszahl. Aber hinter meiner Hausnummer steht das C! C wie Champagner.«

# Die Tasche

n einem weißen Kleid lief das Mädchen auf goldenen Sternen, die über hellen Wolken schwebten. Aus den Wolken ragten bunte Blumen hervor und riefen dem Mädchen zu: »Sternthaler, Sternthaler, pflücke uns nicht, sondern nimm die auf den Sternen liegenden Taler«. Die vielen Taler konnte sie aber nicht tragen. Da gesellte sich eine Tasche zu ihr. Sternthaler und die Tasche liefen eine Weile fröhlich nebeneinander her. Alle gesammelten Taler warf das Mädchen in die Tasche. Plötzlich öffnete sich eine Wolke und beide fielen in eine dunkle Höhle.

Anna erwachte aus ihrem Traum, denn es klingelte an der Wohnungstür. Sie sprang von der Couch und schaute auf die Uhr, es war schon Nachmittag, ein Samstagnachmittag.

Der Postbote stand vor der Tür und übergab ihr ein Paket. Freude überkam sie, als sie die bestellte Bluse auspackte. Sie zog sie an, denn sie wollte die Bluse ihren Freundinnen zeigen, mit denen sie später im Filmmuseum verabredet war. Den Film *Dolce Vita* hatten sie beschlossen nochmals anzusehen. Die Meinung einer ihrer Freundinnen war, den Film müsse man mindestens zweimal gesehen haben, aber das absolute Maß sollte dreimal sein. Anschließend wollten sie in einer Cocktailbar den Abend ausklingen lassen.

Anna hasste es, als Single die Samstagabende allein vor dem Fernseher zu verbringen. Von ihrem ersten Mann, einem Musiker, war sie nach drei Jahren geschieden worden. Er hinterließ ihr beträchtliche Steuerschulden, die das Finanzamt monatlich von ihrem Gehalt einbehielt. Ihr zweiter Mann flehte sie nach drei Monaten schon an sie zu heiraten. Sie ließ sich dazu hinreißen. Nach zwei Jahren stand die Scheidung an. Er hinterließ ihr zwar keine Steuerschulden, aber dafür andere und erhebliche Geldprobleme. Eine Freundin gab ihr den Tipp: Alle guten Dinge sind drei! Tatsächlich lernte sie einen Mann, namens Mark, kennen, der charmant und höflich war und keine Geldprobleme hatte. Anna verliebte sich in ihn. Nach einigen Wochen zog er bei ihr ein.

Über ein Jahr lang lebten sie glücklich und zufrieden zusammen. Dann teilte ihr Mark einsilbig mit, er müsse Deutschland verlassen. Warum und wieso, erklärte er ihr nicht. Die unbegreiflichen Worte klangen heute noch in ihrem Ohr. In mehrere Kisten verpackte er seine persönlichen Sachen und nahm aus dem Keller nur einen seiner Koffer mit. Der andere Koffer verblieb im Keller, da er nur ein paar Erinnerungsstücke an seinen verstorbenen Vater enthalte. Den Koffer hole er zu einem späteren Zeitpunkt. Tränenreich gab sie ihm zu verstehen, dass das in Ordnung sei. Eigentlich freute sie sich darauf, ihn irgendwann wiederzusehen.

Zum Abschied übergab ihr Mark einen größeren Geldbetrag. Das Geld tröstete sie nicht, denn der Liebeskummer blieb. Sie machte das Beste aus dieser Situation und eine Reise nach Fernost wurde davon unternommen.

Heute Abend wollte sie sich elegant kleiden, die schicke Bluse hatte sie bereits angezogen. Sie erinnerte sich, dass sie letzten Samstag in Turnschuhen und einem zu großen, alten Pullover zur Party ihres besten Freundes erschienen war. Alle anderen Gäste waren in eleganter Garderobe gekleidet gewesen. Weder wollte sie an ihren misslungenen Auftritt denken, auch daran nicht, dass sie an dem Abend zu viel getrunken hatte.

Nicht rückwärts schauen, sondern nur vorwärts leben, hatte sie zu ihrem neuen Lebensmotto gemacht. Sie wollte ihr zukünftiges Leben in andere Bahnen lenken und beschlossen sich eine andere Wohnung zu suchen. Ihre jetzige Wohnung lag an einer verkehrsreichen Straße und raubte ihr so manche Nacht den Schlaf. Auch einen Balkon vermisste sie sehr. Leider fehlte ihr das notwendige Geld. Jede Woche spielte sie deshalb leidenschaftlich Lotto.

Anna schlenderte beschwingt in die Küche, holte sich Cracker und schenkte sich ein Glas Wein ein. Es klingelte wieder. Sie ging langsam zur Tür und öffnete. Niemand stand da. Geradewegs schritt sie zum Fenster und beobachtete von oben, wie zwei Männer vor dem Haus standen. Anna erwartete niemanden, insbesondere keinen Herrenbesuch. Es klingelte nochmals. Also drückte sie den Türöffner. Nach wenigen Augenblicken standen zwei Männer da.

»Sind Sie Frau Wald, Anna Wald?«, wollte einer der Männer wissen. »Wir sind von der Kriminalpolizei.«

Einer der Männer zeigte ihr einen Ausweis.

»Dürfen wir hereinkommen?«

Erstaunt bat Anna die beiden Männer herein und bot ihnen Platz auf der Couch an. Sie setzte sich gegenüber auf einen Stuhl, schlug die Beine übereinander, angelte sich vom Tisch das Glas Wein und nahm einen großen Schluck. Die Unsicherheit konnte man ihr ansehen. Die Kriminalbeamten blickten sie unverwandt forschend an. Die abschätzenden Blicke spürte sie. Dann fiel der Name Mark Vestian. Ob er hier gewohnt habe und wenn ja wie lange? Wann sie ihn das letzte Mal gesehen habe. Sie wollten die Namen seiner Freunde wissen. Anna kannte keine Freunde von

Mark. Nach all den Fragen teilte ihr einer der beiden Kommissare mit, dass Mark letzte Woche in Südfrankreich tot aufgefunden worden sei. Wahrscheinlich ermordet.

Unruhig rutschte Anna auf dem Stuhl hin und her und betrachtete nervös ihre Hände. Sie konnte und wollte es nicht glauben, dass Mark tot sein sollte. Trotzdem hoffte sie, dass das Verhör bald ein Ende hätte. Immer wieder betonte sie, dass sie in letzter Zeit weder mit ihm telefoniert noch ihn gesehen habe. Auch einen Hartmut Olzen kenne sie nicht. Mark habe ihr seine Freunde nie vorgestellt, wiederholte sie. Dann kam noch eine Frage: »Wussten Sie, dass er mit Drogen dealte?«

Anna schwieg einen Augenblick, bevor sie die Frage verneinte. Die Kriminalbeamten gaben ihr eine Visitenkarte und baten sie, falls ihr noch irgendetwas einfalle, die auf der Karte stehende Nummer anzurufen. Dann verabschiedeten sie sich.

Ein Zustand der Fassungslosigkeit trat bei ihr ein. So wenig hatte sie Mark gekannt? Liebe macht wahrscheinlich doch blind. Er hatte sich oft mit verschiedenen Leuten getroffen, geschäftlich wie er immer betonte. Aber niemals hatte er ihr die Art seiner Geschäfte mitgeteilt. Anna holte die Whisky-Flasche aus der Küche, denn jetzt musste sie etwas Stärkeres trinken. Aus einer Schublade kramte sie schließlich sein Foto hervor und betrachtete es sehnsüchtig. Nichts Gemeines oder Gangsterhaftes konnte sie in seinem Gesicht entdecken. Es gab nichts Quälenderes, als schönen Erinnerungen nachzuhängen. Um sich abzulenken, legte sie ihre Lieblingsschallplatte *Schweißperlen* von Klaus Lage auf.

Nach einer Weile erinnerte sich Anna daran, dass im Keller noch Marks Koffer mit den Erinnerungsstücken an seinen Vater stand. Den Koffer wollte sie sich näher ansehen. Mit dem Schlüssel in der Hand ging sie aufgeregt die Treppe in den Keller hinunter. Der Koffer stand auf dem seitlichen Regal und schien auf Abholung zu warten. Anna schleppte den Koffer in die Wohnung und stellte ihn in die Mitte des Wohnzimmers. Mehrmals ging sie um ihn herum und überlegte, wie sie ihn öffnen könnte. Die Neugierde wurde immer größer, welche Erinnerungsstücke an Marks Vater sich wohl darin befinden würden. Aus ihrer Werkzeugkiste holte sie einen Hammer und schlug kräftig auf die beiden Schlösser.

Beim Song *Monopoly* sprang der Koffer auf. Sie hob vorsichtig den Kofferdeckel an und was sie sah, erschütterte sie und stimmte sie traurig. Eine ziemlich alte verdreckte schwarze Tasche lag darin. Den Reißverschluss der Tasche aufzuziehen, ekelte sie.

Dann nahm sie ihren ganzen Mut zusammen und zog vorsichtig den Verschluss auf. Sie traute

ihren Augen nicht, die Tasche war mit Geld gefüllt. Äußerlich regungslos empfand sie ein eigenartiges Wohlbehagen. Aller guten Dinge sind drei.

# Standesamt

Es regnete stundenlang, gefühlt schon tagelang. Rinnsale und Bäche flossen den Gehsteigen und Straßen entlang.

Sara, in ein weißes Kostüm gekleidet, und Rolf im zweireihigen dunkelblauen Anzug standen am Fenster und blickten auf die Regentropfen, die an der Scheibe herunterliefen. Vor einem Jahr hatten sie sich das Versprechen gegeben, am Valentinstag zu heiraten. Das war heute. Sie hatten beschlossen keine Hochzeitsfeier zu veranstalten und nur in einem Restaurant ein Menü einzunehmen. Keine Freunde, keine Eltern, keine Kollegen, keine Nachbarn sollten an ihrer Hochzeit teilhaben, denn die sollte ihr Geheimnis bleiben.

»Schatz, durch dieses scheußliche Wetter müssen wir heute durch! Dafür sind wir dann in einer Stunde verheiratet«, flüsterte Rolf zärtlich in Saras Ohr. In die auf dem Tisch bereitstehenden Gläser schenkte er Champagner ein und reichte Sara ein Glas. Er prostete ihr mit den Worten zu: »Ich liebe dich.« Trotz des regnerischen Wetters wünschte sich Sara, dass es der schönste Tag ihres Lebens werden sollte.

Plötzlich klingelte es an der Haustür. Sara schaute Rolf fragend an. Einer von beiden musste die Tür öffnen. Sara ging entschlossen, aber missmutig zur Tür. Der gemeinsame Freund Frank stand in Jogginganzug und Regenjacke vor ihr. »So ein Unwetter heute, schön dass ihr zu Hause seid«, kam es mit spitzbübischem Lächeln über seine Lippen. Er drängte sich in die Wohnung. Aus seiner Regenjacke zog er verschmitzt zwei Flaschen Rotwein heraus und stellte sie auf den Tisch.

Rolf trank mit einem Zug seinen Champagner aus, zog die Augenbrauen hoch und wirkte genervt. Ohne ein Wort zu sagen, ging er auf und ab und sah Sara verzweifelt an. Frank merkte zwar, dass Rolf der Besuch unangenehm war. Aber seine gute Laune ließ sich Frank nicht verderben. »Was ist denn los? Ihr seid heute so elegant gekleidet und das ausgerechnet bei diesem kalten, regnerischen Wetter. Champagner trinkt ihr auch schon. Na, dann gebt mir mal ein Glas!«, sagte Frank. Er setzte sich auf die Couch und lehnte sich genüsslich zurück.

»Du kommst ungelegen, denn wir wollen gleich zum Standesamt«, gab Rolf unwirsch zurück. Franks Gesicht verzog sich zu einem Grinsen, und dann brach er in Gelächter aus.

»Den besten Freund noch nicht einmal in Kenntnis zu setzen, dass ihr heute heiratet, beleidigt mich zutiefst. Und ausgerechnet bei diesem Wetter! Man heiratet doch an einem 8.8. oder einem 5.5. oder an einem anderen Datum bei freundlichem Wetter. Bei diesem Wetter schickt man doch nur die reiche Erbtante oder den Erbonkel auf die Straße, damit die sich eine Grippe holen und dahingerafft werden«.

Wütend ging Rolf auf seinen Freund zu und erklärte ihm, dass es an der Zeit sei zu gehen. Er nahm Sara in den Arm. Dann drehte er sich zu Frank um und sprach mit erhobener Stimme: »Frank, wir haben jetzt wirklich keine Zeit mehr, um darüber zu diskutieren.«

Hektisch nahm Sara Schal und Mantel von der Garderobe, lief in die Küche und holte ihren kleinen, roten Rosenstrauß aus der Vase. Rolf zog seinen wetterfesten Anorak an und schaute nochmals auf die Uhr. Frank beschloss dann spontan, diesem außergewöhnlichen Ereignis beizuwohnen und sich nicht abwimmeln zu lassen.

Rolf und Sara rannten durch die Straße zum Auto. Gefolgt von Frank liefen sie schnellen Schrittes durch die Regenpfützen. Saras weiße Hochzeitsschuhe waren bereits durchnässt und sie musste nießen. Rolf fuhr das Auto zügig durch die Straßen. An einer Kreuzung hatte sich ein Unfall ereignet. Rücksichtslos drängte er sich daran vorbei und fuhr mit rasantem Tempo weiter. Dann blieben sie im Stau stecken und konnten erst nach fünfzehn Minuten weiterfahren. Das Gebäude mit dem ehrwürdigen, alten Standesamt war endlich erreicht. Aber direkt vor dem Standesamt fand Rolf keinen Parkplatz. Eine Straße weiter bog er um die Ecke in eine Sackgasse ein. Mit quietschenden Bremsen parkte er im Halteverbot. Sara schaute nervös auf die Uhr.

Alle drei rannten durch den Regen und bemerkten zu spät, dass sie den Schirm im Auto vergessen hatten. Außerdem hatte Sara auf der Autoablage ihren Hochzeitsstrauß liegen lassen und wollte zurückzulaufen. Rolf nahm sie aber fest an die Hand und zerrte sie Richtung Standesamt.

Durchnässt erklommen sie hastig die steilen Treppen zum Standesamt. Rolf versuchte die Tür zu öffnen. Sie ließ sich jedoch auch mit aller Kraft nicht aufdrücken. Auf dem großen Schild mit den Öffnungszeiten konnte man erkennen, dass das Standesamt bereits geschlossen hatte.

# Hänsel und Gretel

Hänsel legte seine Hände zum Wärmen auf den Ofen. Unter seinen Händen spürte er ein Vibrieren und vernahm Geräusche. Die Hexe konnte es nicht mehr sein. Vorsichtig beugte er sich an den Ofen, vernahm aber nur das Knistern des Feuers und das Ticken der Uhr auf dem Kaminsims. Entspannter setzte sich Hänsel wieder in den Sessel. Plötzlich ließ ihn eine Stimme, vielmehr ein Stimmchen, aufhorchen. Er lauschte. Ein leises Klopfen an der Tür. Hänsel war beunruhigt, denn er erwartete niemanden. Wieder ein Klopfen. Auf dem knarrenden Boden ging er schließlich durch die Wohnstube und öffnete die Tür.

»Guten Abend«, hauchte eine junge Frau. Hänsel war entsetzt und starrte ungläubig auf die vor ihm stehende junge Frau, die nur mit einem weißen, dünnen, bis zum Boden fallenden Kleid bedeckt war. Sie schüttelte ihr langes, schwarzes Haar und blickte ihn sanft mit ihren großen, blauen Augen an.

»Ich hoffe, ich störe Sie nicht. Mein Name ist Schneewittchen. Ich habe eine Bitte, können Sie mir ein wenig Holz schenken?« Es kullerte eine silberne Träne über ihre Wange, so dass Hänsel sogleich Mitleid empfand.

»Aber gerne«, erwiderte er und nahm ihre Hand, die sich eisig anfühlte. Er ging mit ihr zum Holzschuppen. Mit einem Ruck öffnete er die alte, knarrende Tür und häufte mehrere Bündel Holz auf. Fragend sah er sie an. »Was haben Sie denn mit dem vielen Holz vor?«

»Ich will mich in meinem gläsernen Sarg auf-wärmen«, war die kurze Antwort. Anschließend rief sie laut in den Wald hinein: »Rumpelstilzchen, komm bitte jetzt!« Ein kleines Männlein fuhr mit einem Pferdewagen vor, auf dem bereits mehrere Strohballen lagen. Flugs lud es das Bündel Holz auf. Schneewittchen bedankte sich, schwang sich zu Rumpelstilzchen auf den hohen Sitz und rief Hänsel zu: »Ich hoffe, dass mich der Königssohn bald findet.«

Bevor Hänsel in die warme Wohnstube zurück-kehrte, nahm er mehrere Bündel Holz aus dem Schuppen mit. Er befeuerte nochmals den Ofen. Die anderen Bündel häufte er neben dem Ofen auf. Als er wieder bequem in seinem großen Sessel saß, griff er nach der auf dem Boden liegenden *Tiefe-Wald-Zeitung*, um sich über das morgige Wetter zu informieren, denn am nächsten Morgen fand in Drosselbart-Village der wöchentliche Markt statt.

Nach einer Weile signalisierte Gretel, die in der hinteren Stube zusammen mit Rotkäppchen Wollschals, Mützen und Socken für den morgigen Markt strickte, dass sie beide müde seien. Hänsel legte seine Zeitung beiseite und Gretel und Rotkäppchen ihre Strickarbeiten. Er warf nochmals Holz in den Ofen, damit es morgen früh im Haus warm würde. Alle drei gingen zu Bett.

Der Zaunkönig, dieser winzige, kleine Vogel mit dem größten Stimmvolumen, weckte mit seinem Zwitschern jeden Morgen um sechs Uhr alle Vögel. Manche hassten ihn deswegen. Hänsel aber freute sich über dieses geweckt werden, denn er musste heute Morgen mit Gretel und Rotkäppchen den Pferdewagen für den Markt beladen. Fröstelnd ging er zum Stall und holte den Einspänner mit Fallada. Er holte noch schnell mehrere Bündel Holz aus dem Schuppen und warf sie in den Ofen. Bei der abendlichen Rückkehr sollte das Hexenhäuschen warm sein. Weiteres Holz stapelte er dicht um den Ofen herum. Vom Häuschen brach er sich noch schnell einen Lebkuchen ab und aß diesen genüsslich. In der eisigen Morgenluft wurden dann schnell die Kisten mit den Strümpfen, Schals und Mützen sowie der Markttisch auf den Pferdewagen geladen. Die Drei nahmen von der Garderode ihre Pelzmäntel und zogen die Wollmützen tief ins Gesicht. Hänsel schloss das Haus ab und gab Fallada den Befehl zum Aufbruch.

Den Wald mit der kalten und feuchten Luft ließen sie bald hinter sich. Die Landschaft wurde freundlicher und die Luft ein wenig wärmer. In der Ferne leuchteten im schwachen Morgenlicht die grünen Hügel. Auf einer Waldlichtung überholte sie Hans-Glück auf seinem Pferd und rief freudestrahlend: »Guten Morgen, ich habe es eilig, denn ich muss heute auf dem Markt mein Pferd gegen eine Kuh tauschen.« Dann verschwand er hinter einer Kurve. Am Horizont war bereits der Kirchturm von *Drosselbart-Village* zu erkennen. Fallada dachte nur an frisches Heu und an eine längere Ruhepause und trabte deshalb schneller.

Als sie auf dem Markt angekommen waren, herrschte hier bereits eine eifrige Geschäftigkeit. Vorbei an den bereits aufgebauten Verkaufsständen dirigierte Hänsel Fallada vorsichtig zu seinem Platz, wo er schließlich ruckartig anhielt. Die Bremer Stadtmusikanten begrüßten Hänsel aufgekratzt mit einem Ständchen. Aschenputtel verkaufte bereits an ihrem Stand Brot, denn sie war mit dem armen Müller verheiratet und sie musste viele Kreuzer nach Hause bringen. Die Witwe Holle war mit dem Aufschütteln ihrer Betten beschäftigt. Goldmarie dekorierte ihre glänzenden und funkelnden Goldschmuckstücke, die im Licht der Morgensonne genauso strahlten wie sie selbst.

Hänsel, Gretel und Rotkäppchen bauten schnell ihren Stand auf, um die mitgebrachte Ware feilzubieten. Anschließend lenkte Hänsel Fallada zu dem ausgewiesenen Pferdeparkplatz. Er grüßte fröhlich nach allen Seiten. Nur die ehemalige Stiefmutter Schneewittchens mit ihrem faltenreichen Gewand und ebensolchem Gesicht würdigte ihn keines Blickes. Seitdem sie vom König geschieden war, musste sie ihren Lebensunterhalt mit dem Verkauf von Spiegeln verdienen. Gelegentlich hörte man sie murmeln: »Spieglein, Spieglein an der Wand, wer ist die Schönste im ganzen Land?« Glücklicherweise antwortete keiner der Spiegel.

Fallada strahlte zufrieden, als er nun mit seinen Artgenossen einen Plausch halten konnte. Hänsel strahlte auch, denn er verschwand in Rapunzels Friseursalon. Rapunzel war seine heimliche Geliebte. Heute nutzte er aber die Zeit, um sich sein Haar schneiden zu lassen.

Der Markt hatte den ganzen Tag über viele Besucher und Käufer angezogen und neigte sich dem Ende zu. Gretel band sich den mit Kreuzern gefüllten Beutel fest um die Taille. Die Drei freuten sich über den Verkauf der gesamten Ware und beschlossen ins Wirtshaus Sternthaler zu gehen. Davor stand wie immer das schnatternde Lumpengesindel, das der Wirt Johannes rausgeworfen hatte, da sie weder was verzehren noch bezahlen konnten. Im verräucherten Wirtshaus setzten sie sich zu Doktor Allwissend und Bruder Lustig, die mit der Gänsemagd pokerten. Man hatte sich den Feierabend verdient und Hänsel bestellte eine Runde Glühwein.

Nach mehreren Gläsern Wein drängte Gretel Hänsel, dass sie endlich nach Hause fahren sollten. Fallada wurde angespannt und man trat zufrieden den Heimweg an. Die Freude auf die warme Wohnstube war groß.

Als die Drei sich durchgefroren in der kalten Dunkelheit dem Haus näherten, schlug ihnen der Geruch von flüssiger Schokolade, gebrannten Nüssen, verbranntem Lebkuchen, Vanillesoße, Marzipan und verkohltem Holz entgegen. Das Hexenhäuschen hatte sich in einen Berg von gut riechendem Kuchen verwandelt. Hänsel hatte es doch nur gut gemeint, als er den Ofen voll mit Holz gepackt und dicht daneben die Holzscheite gelegt hatte.

# Das Schreibseminar

Frau Pfeiffer eilte schnellen Schrittes die hell erleuchtete Treppe der Volkshochschule zu ihrem Schreibseminar hoch. Vor dem Kursraum stand Frau Henne und rauchte genüsslich eine Zigarette.

»Sie brauchen sich nicht zu beeilen. Unsere Seminarleiterin ist noch nicht da.«

»Sonst ist sie doch immer vor uns da. Hoffentlich ist nichts passiert!«, erwiderte Frau Pfeiffer atemlos und begab sich ins Zimmer. Alle Teilnehmer waren bereits eingetroffen. Sie wollte sich wie immer auf ihren gewohnten Platz setzen. Ein unbekannter älterer Mann saß heute darauf. Nur neben Frau Engel war noch ein Platz frei. Sie setzte sich schweigend neben sie. Frau Engel hatte wie immer um ihren Schreibblock herum Engelfiguren aufgestellt. Sie schrieb ein Buch über Engel und benötigte offensichtlich diese Inspiration.

Nach einigen Minuten betrat Frau Henne den Seminarraum und gab bekannt, dass die Seminarleiterin aus dem nebenan liegenden Raum komme. Leicht schwankenden Schrittes kam diese hinein gehetzt, strich sich eine Haarsträhne aus dem Gesicht, ließ die Tür mit einem lauten Krach ins Schloss fallen, stellte ihre Tasche auf einen Stuhl und nuschelte eine Entschuldigung. Frau Dobermann schaute demonstrativ auf ihre Armbanduhr.

»So, liebe Abendkreative«, begann die Seminarleiterin ein wenig lallend: »Heute möchte ich, dass Sie einen Spaziergang durch die Weinberge beschreiben.«

Irritiert verzog der Unbekannte sein Gesicht und hob verärgert die Hand, um etwas zu sagen. Die Seminarleiterin ignorierte das. An alle Teilnehmer richtete sie die Worte: »Sie haben wie immer zwanzig Minuten Zeit, um ihren Text zu schreiben.«

Alle Damen und Herren seien anwesend, stellte die Seminarleiterin fest, und alle hatten ihre Köpfe über die Schreibblöcke gebeugt, bis auf einen Herrn. Sie bemerkte, dass der neue Teilnehmer weder Schreibblock noch Stifte vor sich liegen hatte. Fürs Erste wollte sie ihn nicht nach seinem Namen fragen. Er sollte erst einmal seinen Text schreiben.

Der unbekannte Mann schaute in die Runde, schüttelte seinen Kopf und zuckte mit den Schultern. Schließlich zog er einen silbernen Kugelschreiber hervor, holte aus seiner Aktentasche mehrere kleine Notizzettel und legt sie vor sich auf den Tisch. Er vergrub dann seine Hände in den Hosentaschen und schaute gelangweilt aus dem Fenster.

»Die zwanzig Minuten sind jetzt vorbei«, mahnte die Seminarleiterin. »Wer möchte zuerst lesen?«

Frau Hase meldete sich, las euphorisch ihren Text vor und schaute dann mit leuchtenden Augen in die Schreibrunde. Es war ein paar Augenblicke still.

»Frau Hase, Sie haben hier die Weinberge mit den Alpen verwechselt«, kam es boshaft aus dem Munde von Frau Dobermann.

Die Seminarleiterin lenkte sanft mit den Worten ein: »Kreativität ist doch eine Himmelsgabe und lässt der Fantasie einen freien Raum.«

Es herrschte wieder Ruhe. Keiner der Teilnehmer wollte hierzu einen weiteren Kommentar abgeben. Frau Engel meldete sich schließlich zum Vorlesen. Sie wischte sich mit einer fahrigen Bewegung über die Stirn. Ihre Wangen nahmen ein leuchtendes Rot an und sie las einen Text über Engel, die sich beim Wandern in den Weinbergen verlaufen.

Herr Clemens lehnte sich zurück und wollte etwas sagen. Doch er schwieg zunächst für eine Weile und bemerkte erst dann: »Aber hier fehlt das Spannungsmoment, und außerdem fliegen Engel und wandern nicht.«

»Ich bin leider mit meinem Text nicht fertig geworden«, verteidigte sich Frau Engel kleinlaut und starrte in die Leere.

»In zwanzig Minuten kann man doch einen einigermaßen guten Text schreiben«, erzürnte sich Frau Dobermann mit tiefer Stimme, setzte ihre Brille auf und blickte hochmütig in die Schreibrunde und dann auf ihren Schreibblock. Verschiedene Teilnehmer gaben Vorschläge ab und redeten auf Frau Engel ein. Die Seminarleiterin kürzte die Diskussion ab, indem sie den unbekannten Herrn bat, sich vorzustellen und seinen Text zu lesen.«

Der aber zupfte nervös an seiner Krawatte und empörte sich: »Es tut mir leid, ich verstehe dieses Weinseminar nicht. Wo sind denn die Weine und Gläser. Stattdessen muss ich hier einen Text über Weinberge schreiben.«

»Sie sind hier in einem Schreibseminar und in keinem Weinseminar. Das Weinseminar findet im Raum nebenan statt«, gab die Seminarleiterin behutsam zur Antwort. Schnell nahm der unbekannte Teilnehmer seinen silbernen Kugelschreiber, seine Aktentasche, sammelte wütend seine Notizblätter ein und eilte zielstrebig und grußlos aus dem Seminar.

»Dem möchte ich nicht nach dem Weinseminar begegnen, wenn der jetzt schon die Räume verwechselt«, konterte Frau Dobermann.

Nach dieser Bemerkung trat eine ungewöhnliche Ruhe ein. Herr Clemens meldete sich zum Lesen. Er schob sein Buch *Schreiben auf Reisen* zur Seite und las einen längeren Text über einen Spaziergang durch die regnerischen Weinberge vor.

Frau Dobermann bemerkte mit schriller Stimme, Herr Clemens habe seinen Text aus dem auf dem Tisch liegenden Buch abgeschrieben. Herrn Clemens' Gesicht rötete sich und er bemerkte unwirsch, dass dieses Buch eine Reisebeschreibung durch die Wüste Somalias sei. Wieder trat eine unerwartete Stille ein. Daraufhin schlug die Seminarleiterin Frau Dobermann vor, doch einmal ihren Text vorzulesen. Frau Dobermann schaute borniert in die Schreibrunde, betrachtete ihre spitz gefeilten, langen Fingernägel, nahm ihre Lesebrille von der Nase, legte sie bedächtig auf ihren Block und erklärte, sie verspüre heute keine Lust ihren Text vorzulesen. Diese Worte klangen wie ein Schuss in der Stille.

# Hotel

Durch die Palmen wehte ein sanfter Wind und man konnte das Meeresrauschen in der Ferne hören. Frank saß auf der Terrasse des Hotels und beobachtete das Geschehen. Auf dem breiten Kiesweg zum Hotel fuhren die Autos majestätisch langsam. Der Portier, in eine Fantasieuniform gekleidet, öffnete den Neuankömmlingen die Wagentür und begleitete sie zur Rezeption.

In den schwarzen Ledersesseln an kleinen goldfarbenen Tischen verweilten einige Gäste. Größere Tische, an denen mit auberginefarbenem Stoff gepolsterte Stühle standen, befanden sich im hinteren Teil der Halle. In der großen Glasfront, durch die je nach Tageszeit die Sonne, mal mehr mal weniger, hereinschien, spiegelte sich der weiße Marmor. Im tropischen Garten ein Swimmingpool lag im Stil der zwanziger Jahre, umgeben mit weißblauen Liegestühlen und marokkanischen Mosaiktischen. Üppige Pflanzen und Blumen säumten den Garten. Durch die indirekte Beleuchtung der Palmen trat am Abend eine verzaubernde Atmosphäre ein. Das Hotel *Paradies Beach* mit der exotischen Kulisse und dem Palmenhof hatte seinen Namen verdient. Es war einfach paradiesisch.

Die Hotelbar befand sich im Erdgeschoss des Hotels und man konnte von der Halle in sie hineinsehen. Davor wucherte eine niedrige Pflanzenwand. Von morgens bis spät in der Nacht war dies der wichtigste Treffpunkt der Hotelgäste. Ein schwarzer Teppich und zwei Stufen führten hinein. Für einsame Trinker, die nur andere Gäste beobachten und allein bleiben wollten, standen gleich am Eingang einige kleinere, in grün gehaltene Tische mit zierlichen Sesseln. An den Wänden hingen vergoldete Spiegel, in denen sich die verschwenderisch gestalteten Lampen spiegelten. Die Flaschen, die hinter der Bar auf einem Regal standen, reflektierten die direkte Beleuchtung. Vor der Bar warteten die mit Leopardenfell überzogenen Barhocker auf Gäste.

Gelegentlich störten die deutschen Touristen Franks Urlaubslaune. Dem Oberkellner, namens Napoleon, begegnete er immer mit Respekt, manchmal auch mit Angst. Seine Körpergröße entsprach der des französischen Kaisers. Napoleon verachtete seine Gäste, wenn sie zum Essen den falschen Wein bestellten oder das Menü nicht richtig zusammenstellten. Lieber befahl er, als dass er Wünsche entgegennahm. Außerdem belauschte er gerne die Gäste.

Um den in der Lobby herumschleichenden, unsympathischen Hoteldetektiv mit den Glubschaugen und dem vernarbten Gesicht machte Frank immer einen großen Bogen.

Seine Frau Eva, die hier Management-Seminare abhielt, hatte Frank überredet, ihre Arbeit als seinen Urlaub anzusehen. Das bedeutete für ihn, dass er sich den ganzen Tag mit sich selbst beschäftigen musste. Die Seminare fanden in einem abseits gelegenen Raum statt, der einem Ballsaal aus vergangener Epoche glich.

Frank bewunderte Eva, wenn sie in der kurz bemessenen Zeit ihrer Mittagspause in einem Liegestuhl saß und den Laptop auf den Knien jonglierte. Sie überarbeitete ihre Vorträge, schrieb mitunter neue oder bereitete sich auf die nächste Seminarstunde vor. Zwischendurch schwamm sie im türkisfarbenen Swimmingpool meist als Einzige ihre Runden. Gelegentlich kam einer der Seminarteilnehmer, dem sie sogleich Rede und Antwort stand, vorbei. An dem kleinen Schild am Sakko konnte man sie erkennen.

Nur Frank durfte seine Frau nicht stören.

Morgens las er die deutschen Zeitungen, aber die Neuigkeiten aus aller Welt interessierten ihn in diesem Paradies wenig, deshalb legte er sie meistens schnell auf einen der anderen Tische.

Am frühen Nachmittag saß er oft in der Hotelhalle, denn das eröffnete ihm immer die Möglichkeit, neue Gäste in Augenschein zu nehmen.

Heute richtete er sein Augenmerk auf zwei Damen, die an einem großen Tisch saßen, die eine dicklich, schwarz gekleidet. Auf dem Tisch lagen viele lose Blätter und ein Bündel Unterlagen. Da sie meistens mit einem kurzen Bleistift schrieb, nahm Frank an, dass sie Schriftstellerin sein könnte. Ihre Freundin, eine dünne Frau, in bunten Farben gekleidet, sortierte einige Bücher auf dem Tisch. Einen Buchtitel, der in schwarzen Großbuchstaben auf dem gelben Buchumschlag stand, konnte man aus der Entfernung erkennen: *Motorradfahren im Zeichen des Zwillings.* Frank konnte sich den seltsamen Titel dieses Buches nicht erklären. Die beiden Damen wollte er aber nicht befragen. Die Bibliothek des Hotels zog ihn mehr an, um darin in Büchern zu stöbern. Schließlich entschied er sich für das Buch *Serotonin.* Danach ging er in sein Zimmer und holte seine Badehose, ein Handtuch, die Sonnenbrille, das Buch und schlenderte gemächlich durch die flimmernde Hitze auf dem mit üppigen Pflanzen gesäumten Weg zum Strand, der ihn immer wieder in Erstaunen versetzte.

Am nächsten Tag saß Frank nahe der Air Condition, die ihm an diesem besonders heißen Tag die perfekte Abkühlung brachte. Leise kam das Hotelauto den Kiesweg hochgefahren und neue Gäste trafen ein. Das Stimmengewirr empfand Frank als unerträglich. Die neuen Gäste beobachtete er neugierig. Dann bestellte er ein Glas Wein. Abends konnte er sich immerhin, trotz einiger Unterbrechungen, mit Eva unterhalten.

Ehrerbietig händigte der Empfangsangestellte einem blonden, blendend aussehenden Mann von ungefähr vierzig Jahren den Zimmerschlüssel aus und ließ vom Hotel-Boy die Louis Vuitton-Taschen des Gastes in dessen Zimmer bringen. Der neue Gast schritt geradewegs auf die Bar zu. Mit einem Glas Gin Tonic kam er heraus und näherte sich den beiden Damen, die wie immer an einem der Tische saßen. Von der neuen Gesellschaft begeistert bestellten sie beim Kellner auch zwei Gläser Gin Tonic. Frank dagegen ließ sich das zweite Glas Wein servieren und beobachtete die Gesellschaft, die sich immer lautstärker unterhielt. Ihn überkam Müdigkeit. Er nahm sein Buch und ging an den Swimmingpool, um in einem der Liegestühle Ruhe zu finden.

An einem der darauffolgenden Tage ging Eva wie immer nach dem Mittagessen schwimmen. Sie las danach Seminartexte und ruhte sich auf einem Liegestuhl aus. Frank wollte Eva nicht stören, schaute zuerst in die Bar und setzte sich dann in die Hotelhalle. Der Kellner eilte herbei und Frank bestellte wie immer ein Glas Wein. Die zwei Damen saßen heute nicht an ihrem Tisch. Da kam aus der Bar der neue Gast auf Frank zu, fragte höflich, ob er sich zu ihm setzen dürfe und stellte sich als Ruprecht vor. Dann schnipste er nach der Bedienung und bestellte einen Gin Tonic. Ruprecht erzählte Frank, dass er sich mit einem Freund aus New York verabredet habe, der sollte eigentlich schon da sein. Leider habe er ihn bis jetzt telefonisch nicht erreichen können. Ruprechts Stimme, die Monologe zu halten gewohnt war, klang überzeugend und geschmeidig. Frank war seinem Redeschwall ausgesetzt. Die homosexuellen Avancen ließ er anfänglich über sich ergehen, doch dann fingen sie an ihn zu verschrecken. Da betraten die Schriftstellerin und ihre Freundin die Hotelhalle. Hastig trank Frank sein Glas Wein aus und verabschiedete sich von Ruprecht. Ruprecht eilte daraufhin auf die beiden Damen zu und überhäufte sie mit Komplimenten. Die Damen setzten sich – oder vielmehr sie drapierten sich wie Schmuckstücke – in die Sessel. Der Kellner eilte herbei und brachte, unaufgefordert, drei Gin Tonic.

Später beim Abendessen entdeckte Frank, dass Ruprecht allein an einem der Tische saß. Um ihn aus seiner vermeidlichen Einsamkeit zu erlösen, bat er ihn, sich zu ihnen zu setzen. Ruprecht nahm erfreut die Einladung an. Sofort versprühte Frank seinen Charme. Wie ein General näherte sich Napoleon dem Tisch, nicht zum Servieren, sondern um sie mit seinem Oberkellnergehabe erst einmal mit Verachtung zu strafen. Schließlich bat Ruprecht Napoleon höflich, ein Menü mit dem entsprechenden Wein zusammenzustellen. Napoleon fühlte sich sofort als anerkannter Kaiser. Nun konnte er seine Untertanen mit einem schöpferischen Dinner bewirten. Nach dem Abendessen gingen die drei in die Bar. Ruprecht erklärte ihnen, ohne das geringste Gefühl für die verstreichende Zeit, derweilen die Welt in allen Zusammenhängen und betonte zwischendurch, dass er Liebeskummer habe. Konzentriert lauschte Eva seinen Worten. Weitere Gläser mit Gin Tonic wurden geordert. Erst als Ruprecht sich nicht mehr artikulieren konnte, beschloss Eva mit weicher Stimme den Abend zu beschließen. Es sei schon weit nach Mitternacht.

Am nächsten Morgen fühlte sich Eva krank, denn sie hatte einen Kater. Bevor sie zu ihren Seminarteilnehmern gehen wollte, erinnerte sie ihren Mann daran, dass abends das Bankhaus Trollmeyer eine Gartenparty sponserte. Dunkle Garderobe sei erwünscht. Es würden auch einige hochrangige Politiker der deutschen Regierung erwartet. Deshalb bat sie Frank beschwörend sich heute von Ruprecht fernzuhalten. Frank beschloss die Gegend alleine zu erkunden. An der Rezeption lieh er ein Fahrrad, das er hinter dem Hotel in Empfang nahm. Ein Kellner schaute ihm ungläubig nach, wie er in der glühenden Sonne mit dem Fahrrad wegfuhr.

Frank fuhr eine Weile die vielbefahrene, staubige Straße entlang, doch bald empfand er den ihn ständig überholenden Verkehr als zu anstrengend. Deshalb bog er in den nächsten Weg ab. Der schmale Asphaltweg schlängelte sich einige hundert Meter und mündete in einem steinigen, holprigen Feldweg. Die Mauern rechts und links wurden höher. Plötzlich übersah Frank einen großen Stein, stürzte mit dem Rad und fiel gegen eine Mauer. Das vordere Rad hatte sich zu einer Acht verbogen. Aus der Ferne hatte eine Frau den Sturz beobachtet und sie eilte zur Hilfe herbei. Franks Knie schmerzte, ebenso seine Hand und der Rücken. Langsam stand er mit seiner zerrissenen Hose und dem zerfetzten Hemd auf. Gestützt von der Frau, humpelte er – das demolierte Rad mit einer Hand schiebend – zum Strand. Hier fand abseits der kapitalistischen Gesellschaft eine Hippie-Party statt.

Ein Tuch um die Stirn gebunden, kam ein langhaariger Mann auf ihn zu und schaute sich mit besorgter Miene das Knie an. »Das heilt in einer Stunde«, waren seine optimistischen Worte. Er goss ihm Whisky über das verletzte Knie und reichte ihm dann ein Glas Whisky zum Trinken. Eine junge Frau gab ihm einen Joint und den Rat sich eine Weile hinzulegen und zu entspannen.

Frank fühlte ein eigenartiges Wohlbehagen. Nach einigen Gläsern Whisky, rauchte er weitere

Joints und legte sich in den Sand. Das Meeresrauschen ließ ihn einschlafen. Durch die Worte: »Ich heiße Frauke«, erwachte er. Er schaute auf die Uhr und stellte fest, dass der Strand in Dunkelheit gehüllt vor ihm lag. Nur mühevoll konnte er mit Fraukes Hilfe aufstehen. Frauke rief mit dem Handy ein Taxi. Dieses ließ lange auf sich warten und der Taxichauffeur schimpfte bei der Ankunft unablässig auf Spanisch. Frauke entschloss sich Frank zum Hotel zu begleiten.

Eva ging derweilen nervös in der Hotelhalle auf und ab, um nach Frank Ausschau zu halten. Da hielt plötzlich ein Taxi, aus dem ein kaputtes Rad gezerrt wurde. Frank folgte humpelnd in zerrissener Kleidung einem Mädchen in einem langen, bunten Kleid. Sie stützte Frank, der mit ihr zusammen die Hotelhalle durchquerte. Das Entsetzen packte Eva, und ihre ungehaltenen Worte prasselten auf Frank nieder. Er ließ sich von Eva nicht unter Druck setzen und humpelte unbeeindruckt mit Frauke weiter zum Swimmingpool. Beide sprangen in das kühle Wasser, alberten und kicherten ununterbrochen. Die eleganten, dunkel gekleideten Gäste schauten pikiert auf das im Pool schwimmende Paar. Eva, inzwischen wütend und vor Zorn rot, befahl Frank mit übellauniger Stimme sofort aus dem Pool zu kommen. Frauke schwamm zum Beckenrand. Frank konnte man nirgends an der Wasseroberfläche entdecken.

Eva schrie um Hilfe, als sie sah, dass Frank am Boden des Pools lag. Die feine Gesellschaft schaute angewidert auf den offensichtlich ertrunkenen Mann ohne ihm zu helfen. Rund um den Pool wurde nach jemandem gefragt, der in der Lage wäre, erste Hilfe zu leisten. Ob ein Arzt anwesend war, ließ sich nicht feststellen. Hier gab es nur Politiker, Bankmenschen, Seminarteilnehmer und Gäste in Champagner-Laune. Schließlich sprang Eva ins Wasser, sie konnte aber Frank nicht hochziehen. Dann kam endlich das Hotelpersonal herbei. Der Hoteldetektiv half Franks schlaffen, nassen Körper an den Beckenrand zu legen. Er pumpte ihm das Wasser aus den Lungen. Frank kam nach einer Weile zu sich und schlug die Augen auf, aber als er in diese Glubschaugen schaute, fiel er in Ohnmacht. Das Hotelpersonal brachte ihn schließlich in einen Raum, der einem Krankenzimmer ähnelte, und rief telefonisch nach einem Arzt. Orientierungslos, mit zusammengekniffenen Augen folgte Eva dem Hotelpersonal, das Kleid durchnässt, mit tropfenden Haaren.

Die Anspannung, unter der sie beide standen, kam in der erregten Stimme von Eva zum Ausdruck.

»Frank, ich hatte dir doch heute Morgen mitgeteilt, dass hier im Hotel eine Gartenparty stattfindet.«

Frank drehte sein zerknittertes und verzweifeltes Gesicht von ihr ab. Er fühlte sich wie aus dem Paradies vertrieben. Plötzlich erschien Napoleon majestätisch mit einem silbernen Tablett. Er stellte es mit zwei Gläsern Cognac auf den Tisch und betrachtete Eva und Frank mitleidig, als seien sie gefallene Soldaten auf dem Schlachtfeld.

# Die Brille

nmitten einer luxuriösen Dekoration, in einer mit dunkelgrünem Samt ausgelegten Vitrine ausgestellt zu sein, machte mich stolz. Eine farbenfrohe, von einem berühmten Designer gefertigte Brille: Das war ich! Ein lichtintensiver Spot adelte mich. Menschen blieben vor der Vitrine stehen und schauten mich begeistert an. Ich thronte in den oberen paradiesischen Gefilden und hoffte, dass mich eine Kundin erwerben würde, die meiner ebenbürtig war. In den unteren Verkaufsvitrinen lagen die Spießer. randlos, schwarz, braun, ohne Farbton.

Eines Tages stand eine Blondine in eleganter Designerkleidung vor der Vitrine. Sie warf mir verliebte Blicke zu und signalisierte der Verkäuferin, dass sie mich gerne anprobieren wolle. Ihr exzellenter Geschmack begeisterte mich. Aber mein Blick auf ihren Begleiter, der nicht nur stillos gekleidet war, sondern auch uninteressant aussah und dessen Wortwahl ungebildet klang, ließ mich erschaudern.

Irgendwann sagte er: »Schatz, diese Brille steht

dir nicht, sie ist zu bunt, zu auffällig und zu teuer.« Ich war mir sicher in mein Reich zurückkehren zu können. Die Verkäuferin jedoch wollte mich unbedingt verkaufen und schmeichelte der Kundin unablässig mit Komplimenten. Der langweilige Begleiter deutete auf die Spießermodelle. Die Blondine schaute aber selbstverliebt in ihr Spiegelbild und war von mir entzückt. Murrend zahlte schließlich der Mann den gewünschten Betrag. Mit einem weichen Tuch wurde ich sanft geputzt und in eine dunkle Umhüllung geschoben. War nun mein Leben als Glanzstück beendet?

Essensgerüche lagen in der Luft. Meine Besitzerin holte mich vorsichtig aus meiner Hülle. Das bedeutete, ab jetzt hatte ich zu arbeiten. Behutsam schob sie mich mit ihren zarten Händen auf die Nase. Ich konnte erkennen, dass auf einem weiß gedeckten Tisch eine Speisekarte lag. Ein herbeigeeilter Herr gekleidet in einen schwarzen Anzug mit weißem Hemd half meiner Herrschaft ein entsprechendes Menü auszusuchen. Anschließend wurde ich achtlos in meine Umhüllung zurückgeschoben. Das hatte ich als Königin nicht verdient. So sollte also jetzt mein Arbeitsalltag aussehen? Lesen, lesen, lesen?

Dennoch, auf meinen nächsten Arbeitseinsatz war ich gespannt. Als ich auf der Nase meiner Herrin saß, erblickte ich sehr große Räume mit hohen Wänden, an denen große Bilder, kleine Bilder und noch kleinere Etiketten hingen. Es war ein Museum und die Menschen bewegten sich langsam von Raum zu Raum. Meine Besitzerin schob mich auf ihrer Nase rauf und runter. So sah also jetzt mein Leben aus. Zu einem Gebrauchsgegenstand war ich degradiert worden!

Es dauerte einige Zeit, bis ich mich wieder in meinem dunklen Reich befand. Im Dunkel war ich nun glücklicher. Manchmal dachte ich an meine Kollegen. Bis jetzt ging es ihnen noch gut, aber eines Tages würden auch sie zu Handwerkzeug werden.

Laute, surrende Motorengeräusche und Stimmengewirr ließen mich aufhorchen. Was war das? Wo war ich? Da bemerkte ich, dass eine Hand nach mir und einem Buch griff. Die folgende Arbeit machte mir richtig Freude. So ging es über Stunden. Plötzlich klemmte mich meine Besitzerin in ein vor ihr hängendes, merkwürdiges enges Plastiknetz. Igitt! Nach einer Weile wurde das Stimmengewirr leiser und verstummte. Hatte man mich vergessen?

Ein erneutes Geräusch war zu hören. Es wurde gebürstet, gesaugt, leises Rascheln von Papier und immer wieder hörte man eine laute Stimme: »Beeilt euch Leute!« Dann griff jemand mit einem feuchten, großen und schmutzigen Plastikhandschuh nach mir. Was war das? Die Hand meiner Besitzerin fühlte sich anders an. Achtlos wurde ich in eine Kittelschürzentasche geschoben. Da blieb ich für eine Weile, bis eine Hand wieder nach mir griff und mich in einen dreckigen, großen Kasten warf. Hier landete ich zwischen Messern, Korkenziehern, Büchern, Lippenstiften, Kämmen, Bürsten, Ringen, Kosmetik und anderen spießigen Kollegen. Das hatte ich nicht verdient und empfand es als würdelos. Sollte ich nun hier im Dunklen verenden? Gab es noch ein Leben in Helligkeit für mich? Noch nie in meinem ganzen Brillenleben hatte ich gebetet. In dieser Hölle war es aber angebracht: »Lieber Gott, bitte lasse mich weiterhin in Helligkeit und Freiheit leben!«

Plötzlich wurde der große Kasten ruckartig geöffnet, und ein brutaler Griff zerrte mich heraus. Dumpf kündigte sich ein endgültiges Vergessensein in dem Fall zum Boden an.

# Ferien

Der warme wolkenlose Sommertag lockte viele Menschen in die Cafés und Restaurants. Ina hatte sich mit ihrer Freundin Rita zum Feierabend-Drink verabredet.

Ina schlenderte ins Café Hauptwache, nahm an einem freigewordenen Tisch Platz und bestellte ein Glas Weißwein, das kommentarlos serviert wurde. Sie beobachtete die vorbeilaufenden Menschen, eine ältere Frau, die Tauben fütterte, und ein junges Paar, das sich offensichtlich stritt. Da sie mit ihrem Mann am kommenden Wochenende in den Urlaub fahren würde, war sie in heiterer Stimmung, zumal es ihr erster gemeinsamer Urlaub werden sollte. Den Urlaubsprospekt wollte sie Rita zeigen. Das Handy klingelte und Rita teilte ihr mit, dass sie eine halbe Stunde später komme. Rita war selten pünktlich. Genau wie im Urlaub.

Durch ihr Zuspätkommen zum Frühstück hatte Ina ihren Mann kennengelernt. Sie hatte alleine gefrühstückt und war anschließend zum Strand gegangen. Die Sonne hatte schon heiß geschienen und das türkisfarbene Meer mit seinen hohen Wellen geschäumt. Sie hatte die Strandmatte in den Sand gelegt, den Strohhut aufgesetzt, die in die Stirn gefallene Haarsträhne zurückgeschoben, dann ihre Sonnenbrille aufgesetzt und aufs Meer geschaut, in dem eine Frau schwamm. Einige Schwimmer waren bereits hinter den Sandbänken in den großen Wellen des offenen Meeres.

Sie hatte aus ihrer Tasche ein Buch gekramt und die Nackenrolle zurechtgelegt. Eine geraume Weile hatte sie still gelegen und nichts als die Sonnenwärme empfunden. Da spürte sie einen Schatten über sich. Sie blinzelte durch die Sonnenbrille und sah einen tief gebräunten jüngeren Mann.

»Heute Morgen so allein unterwegs?«, sprach er sie an. »Blöde Anmache!«, dachte sie und griff nach ihrem Buch, beschloss dann aber doch den Störenfried einmal näher anzusehen. Unwillkürlich lächelte sie ihn an und betrachtete seine abgeschnittenen gelben Jeans, das rosa T-Shirt von Prada und seine halblangen, gesträhnten Haare. »Irgendwie eine originelle *Type*«, sinnierte sie.

»Ja, leider. Meine Freundin hat gestern zu viel Rotwein und Cognac getrunken und kuriert heute Morgen ihren Kater aus.«

»Ich trinke jeden Abend mehrere Gläser Rotwein und Cognac. Aber morgens trinke ich starken Kaffee und laufe anschließend am Strand mindestens fünf Kilometer«. Der Strandläufer stellte sich als Hans vor. Ina stellte sich als Ina Müller vor und Hans grinste breit.

»Was für ein schöner Allerweltsname, Müller. Ist der angeheiratet oder ist das dein Mädchenname?«, wollte Hans neugierig wissen.

»Das ist mein Mädchenname, ich war noch nie verheiratet.«

Mit einer kleinen Handbewegung bat sie Hans sich zu setzen. Er erzählte ihr von seinen vielen sportlichen Betätigungen. Ina hörte ihm begeistert zu, zumal sie aus ihrem monotonen Leben nichts vergleichbar Aufregendes berichten konnte. Sie verabredeten sich für den Abend. Hans verabschiedete sich und verschwand. An diesem Abend verliebte sich Ina in Hans. Es wurden wunderschöne harmonische Tage. Als sich der Urlaub seinem Ende neigte, lud Ina Hans nach Frankfurt ein.

Eines Tages stand Hans mit zwei Koffern vor ihrer Tür. Er wollte bei ihr keinen Urlaub machen, sondern bei ihr einziehen. Eine Anstellung als Außendienstmitarbeiter war schnell gefunden. Ina hatte sich daran gewöhnt, dass er viel unterwegs war.

Nach einem Jahr des Zusammenlebens heirateten sie. Schließlich war Ina schon 41 Jahre alt, Hans dagegen 10 Jahre jünger. Ina nahm seinen

Familiennamen *Schwarz* an. Hans bestand darauf, die anstehenden Ferien in Holland am Meer zu verbringen – warum auch immer! In letzter Zeit bemerkte sie, dass er sich veränderte. Hans war verschlossen und sprach kaum über seine persönlichen Belange. Er verbrachte viel Zeit im Sportstudio.

Ina schreckte aus ihrem Tagtraum hoch – Rita kam fröhlich winkend zum Café gelaufen und setzte sich. Ina schwärmte sofort von dem anstehenden Urlaub. Sie war sicher, dass es ein schöner Urlaub werden würde.

Am weitläufigen Strand in Holland saß Ina und ließ den warmen Sand über ihre Füße rieseln. Die letzten Sonnenstrahlen erleuchteten den Himmel. Sie schaute den vorbeifahrenden Schiffen nach. Die Möwen flogen kreischend über den übriggebliebenen Essensresten. Ein Blick auf die Uhr zeigte Ina, dass Hans seit mehreren Stunden unterwegs war. Die letzten Strandbesucher packten ohne Eile ihre Taschen und der Strand wurde immer verlassener. Zögernd packte sie die Badesachen ein. Sie fotografierte den fast menschenleeren Strand und die untergehende Sonne. Gemächlich ging sie dann zu dem über den Dünen gelegenen Restaurant. Von hier hatte man den weitläufigen Strand im Blick. Doch nirgendwo am Horizont konnte sie Hans entdeckten. Ein ängstliches Gefühl überkam Ina und Unruhe machte sich in ihr breit. War ihm etwas zugestoßen? Irgendwann musste er doch kommen! Die Geräusche der wegfahrenden Autos waren zu hören. Der Himmel färbte sich inzwischen kupferfarben. Wenige Minuten, nachdem sie gezahlt hatte, machte sie sich auf den Weg zum Parkplatz. Das Auto stand als eines der letzten hier. Die Türen waren nicht verschlossen und der Wagenschlüssel steckte. Zögernd stieg sie ein, startete und fuhr zitternd zum Hotel.

»Guten Tag Frau Schwarz, die letzten Urlaubstage sind doch noch herrlich und sonnig. Ich habe heute Ihre Rechnung gemacht. Ihr Mann hat mir gestern eine Vorauszahlung gegeben. Das war natürlich zu viel. Ich gebe Ihnen den zu viel gezahlten Betrag zurück.«

»Ist mein Mann denn auf dem Zimmer?«

»Das weiß ich leider nicht«.

»Ja, danke«, gab Ina fassungslos zurück.

Ina eilte die Treppe in das Hotelzimmer hinauf und schloss hastig die Tür auf. Wie jeden Tag war das Zimmer aufgeräumt und geputzt. Hans war nicht hier. Beim Blick in den Kleiderschrank entdeckte sie, dass seine Kleidung nicht mehr im Schrank hing. Der Tresor stand offen und war leer. Mit Herzklopfen rannte sie zum Auto und durchsuchte es. Im Handschuhfach fand sie nur den Kfz-Schein. Tränen flossen über die von der Sonne geröteten Wangen. Verzweifelt teilte sie dem Hotelbesitzer mit, dass ihr Mann verschwunden sei. Sie tröstend servierte er ihr einen Jever und versicherte, dass sich sicherlich alles aufkläre. Aber vielleicht sei es doch das Beste, der Polizei sein Verschwinden anzuzeigen. Dort fuhr sie unverzüglich hin.

Ein freundlicher holländischer Polizist nahm ihre Daten und die ihres Mannes auf. Auch er fand ein paar tröstende Worte und bat Ina noch um ein Foto ihres Gatten.

»Sobald wir etwas über ihren Mann in Erfahrung bringen, werden wir Sie unverzüglich verständigen. Sollte sich ihr Mann aber inzwischen bei Ihnen melden, bitte ich Sie uns sofort zu informieren.«

Die Angst raubte Ina jede klare Überlegung. Was sollte sie in dieser undurchsichtigen Situation machen? Der Hotelbesitzer empfand Mitleid mit ihr und empfahl ihr nach Frankfurt zurückzufahren. Dort würde sich sicherlich alles aufklären.

Die Stille der Frankfurter Wohnung empfing sie wie ein Schlag in die Magengrube. Mühevoll durchsuchte Ina die Wohnung nach eventuellen Anhaltspunkten für sein Verschwinden. Rita war ebenfalls fassungslos über das Geschehene. Sie gab ihr den Rat, in Hans' Firma anzurufen. In der durchwachten Nacht hoffte sie unentwegt, dass sich die Tür öffnen und Hans erscheinen würde. Mit einem Seufzer der Erschöpfung wählte sie am frühen Vormittag die Telefonnummer der Firma. Der Inhaber des Betriebes war sehr erstaunt, dass Frau Schwarz ihren Mann sprechen wollte. Er teilte ihr mit, dass ihr Mann vor seinem Urlaubsantritt gekündigt habe. Ina kamen die Tränen und sie wurde vom Zorn überwältigt. Kannte sie ihren Mann wirklich so wenig? Dann kam ihr der Gedanke, zur Bank zu gehen. Beim Blick auf die Kontoauszüge flimmerte es Ina vor den Augen. Auf dem gemeinsamen Konto waren nur noch einhundert Euro. Alle ihre Ersparnisse waren verschwunden.

Die Vermisstenmeldung hatte seit Jahren kein Ergebnis gebracht. Ina konnte und wollte das alles nicht begreifen. Wo war ihr Mann? Sollte er am Ende gar nicht mehr leben?

Um Ina Trost zu spenden, kam Rita auf die Idee, dass sie wieder einmal zusammen in Urlaub fahren sollten. Schweren Herzens sagte Ina einer Reise nach Miami zu.

Im lebenssprühenden Art-déco-Viertel von Miami lag das kleine türkisfarbene Hotel, das mit Bougainvillea umsäumt war. Täglich liefen Ina und Rita an dem herrlichen kilometerlangen Strand entlang. Bei Ina saß die seelische Wunde tief. Aber Miami war ein sensationeller und pulsierender Ort für Unternehmungen, deshalb wollte Ina ihrer Freundin Rita den Urlaub nicht verderben und ging auf alle ihre Vorschläge ein.

Der Urlaub ging seinem Ende zu und Rita lud Ina zum Dinner in eines der beliebtesten Restaurants der Stadt ein – dem *Avalon*. Beide waren in ausgelassener Stimmung, denn Miami glich einem nächtlichen Feuerwerk, es betörte und verwirrte zugleich. Das exotische Restaurant – ganz in Grün, Violett und Gold gehalten – ließ Ina und Rita über die Opulenz staunen. Im *Avalon* wurde ihnen ein Tisch nahe der mit tropischen Pflanzen und Tiermotiven geschmückten Bar zugewiesen. Der an der Bar sitzende Mann beobachtete die zwei Damen. Mit einem breiten Lächeln prostete er ihnen zu. Plötzlich stand er auf und kam zu ihnen an den Tisch, mit der Bitte sich zu ihnen setzen zu dürfen. Er diniere nicht gerne alleine. Rita war von ihm sehr angetan und bat ihn spontan Platz zu nehmen. Schwungvoll setzte er sich an den Tisch und stellte sich als Alex aus New York vor. In Miami mache er ein paar Tage Urlaub. Ina und Rita amüsierten sich den ganzen Abend über seine witzigen Geschichten. Beschwipst vom kalifornischen Wein wollte Rita schließlich bezahlen. Alex ließ beide wissen, dass sie seine Gäste seien. Bei der Verabschiedung schlug Alex vor, ihnen morgen die Everglades zu zeigen. Ina signalisierte, dass sie den letzten Tag gerne allein am Strand verbringen wollte. Rita indes nahm die Einladung begeistert an.

Die laue Miami-Luft umfächelte ihren Körper und das Schlendern über den warmen Sand erfüllte Ina mit einer tiefen Zufriedenheit. Sie genoss es allein zu sein und beabsichtigte die herrlichen tropischen Gärten einiger Art-déco-Hotels zu fotografieren. Zunächst wollte sie noch den weiten Strand genießen, setzte sich in den warmen Sand und war von dem Meeresrauschen fasziniert. Plötzlich sah sie einen Mann am Strand entlanglaufen, der Hans sehr ähnelte. Sie traute ihren Augen nicht und konnte den Blick nicht von ihm abwenden. Der Mann bog in den Garten des Biltmore-Hotels ein. Magisch angezogen folgte sie ihm.

In dem eleganten Garten setzte sie sich auf einen im Abseits stehenden Stuhl um das Geschehen zu beobachten. War es Hans oder war es ein Trugbild? Ihr Herz schlug wild. Der Strandläufer durchquerte den tropischen Garten in Richtung Hotelrezeption. Sie traute ihren Augen immer noch nicht, aber bei näherem Hinsehen war sie sich ganz sicher. Es war Hans. Sein Gang, seine Mimik und wie er mit anderen Gästen sprach. Die Stimme war ihr vertraut. Vorsichtig schlenderte sie in die Hotelhalle und setzte sich in einen der großen Ledersessel. Von hier aus konnte sie den Mann gut beobachten.

Er kam leichten Schrittes zur Rezeption und verlangte den Zimmerschlüssel für Zimmer 610. Die Mitarbeiterin an der Rezeption händigte ihm den Schlüssel aus und wünschte Mr. Black einen schönen Tag.

Sollte sie Mr. Black einen Besuch abstatten? Als die Mitarbeiterin sich in das hinter der Rezeption liegende Büro begab, nahm Ina ihre Chance wahr. Leisen Schrittes ging sie zum Lift. Der kam und sie fuhr in die sechste Etage. Ihre Hände schwitzten, ihr Kopf hämmerte vor Aufregung und der Magen rebellierte. Sie verharrte einige Sekunden vor der Tür des Zimmers 610 und konnte sich kaum bewegen. Schließlich klopfte sie zaghaft an die Tür. Diese wurde nicht geöffnet. Nach einer Weile klopfte sie dann kräftiger. Es vergingen ein paar Augenblicke, bis sich die Tür öffnete. Vor ihr stand unverkennbar, ein Badetuch um die Hüften geschlungen, Hans! Sein Blick traf sie und sein Gesicht verzerrte sich vor Schrecken. Aus seinem Mund kam ein lang gezogenes »Duuuu« und er schwankte einige Schritte zurück. Sie fühlte Hass und Abscheu gegen diesen Mann. Nach einer Weile und um Worte ringend bat er sie schließlich herein.

»Sicher hast du jetzt einen Drink nötig. Ich werde dir erst mal einen Cocktail mixen«, kamen ängstliche Worte aus seinem Mund und er kehrte ihr den Rücken zu und ging zur Bar.

Auf einer Anrichte neben ihr stand eine große, schmale Flamingo-Figur aus Messing. Mit kalten, feuchten Händen nahm sie die Figur und ging leise auf Hans zu, der noch mit dem Mixen des Cocktails beschäftigt war. Mit aller Kraft schlug sie die Figur auf seinen Kopf. Hans Schwarz fiel auf den Marmor-Couchtisch und anschließend auf den Boden. Er blieb regungslos liegen. Aus seinem Kopf floss Blut auf den hellen, gemusterten Teppich. Instinktiv drehte sich Ina um und nahm, wie sie es in Kriminalfilmen gesehen hatte, ihr Strandtuch, putzte und polierte die Flamingo-Figur und stellte sie wieder auf die Anrichte zurück. Vorsichtig öffnete sie die Tür. Auf dem Hotelflur war kein Gast zu sehen. Den Lift konnte sie jetzt nicht nehmen. Schnell und zitternd eilte sie die Treppe, die direkt in den Hotelgarten führte, hinunter. Angst pochte in ihrem Kopf. In der Tür, die zum Hotelgarten führte, blieb sie eine Weile stehen und beobachtete die Hotelgäste. Sie waren mit ihren Drinks und mit Small Talk beschäftigt. Langsam und unauffällig wie eine gelangweilte Touristin bewegte sie sich durch den Hotelgarten. Als sie den Strand erreichte, lief sie in Tränen aufgelöst zu ihrem Hotel.

Rita war am Tag der Heimreise freudig aufgekratzt. Für Ina bedeutete der Lärm am Miami-Airport eine große Anspannung. Um nicht mit Rita reden zu müssen, täuschte sie Flugangst vor.

Rita war begeistert von ihrer amerikanischen Bekanntschaft und sprach überschwänglich ununterbrochen von Alex. Nach Frankfurt hatte sie ihn auch bereits eingeladen, vernahm Ina wie ein fernes Echo. Plötzlich verschwand Rita in einem Souvenirgeschäft. Vor dem Geschäft blieb Ina stehen und wartete geduldig. Rita kam übermütig aus dem Geschäft heraus und überreichte Ina eine große, schmale Flamingo-Figur aus Messing.

»Ich möchte dir diese Figur zum Andenken an unseren unvergesslichen Urlaub schenken«.

Ina erstarrte, nicht nur wegen des Geschenks, sondern wegen der Schlagzeilen der ausliegenden Zeitungen.

»Der Gatte einer der reichsten Frauen Amerikas, Jack Black, wurde gestern in seinem Hotelzimmer erschlagen aufgefunden.«

# Dornbusch

Der Wein hat manch große Tat hervorgebracht«, war sein Motto letzte Nacht gewesen. Leider sah der heutige Morgen anders aus. Der Wein hatte ihm Kopfschmerzen beschert und die Gefährtin der Nacht hatte ihn verschlafen lassen. Jürgen, sein Assistent, hatte ihn telefonisch geweckt um ihm mitzuteilen, dass eine Person an der U-Bahn-Haltestelle Dornbusch von der U-Bahn überfahren worden sei. Er müsse sofort ins Büro kommen.

Wie jeden Morgen war auf dem Alleenring mehr stehender als fließender Verkehr. Missmutig versuchte der Kommissar gelegentlich ein Auto zu überholen. Ohne Erfolg. Endlich auf dem Parkplatz des Polizeipräsidiums angelangt rannte er zu seinem Büro in den zweiten Stock. Auf seinem Schreibtisch stand eine eisgekühlte Cola.

»Danke, Jürgen! Genau das Richtige für heute Morgen.«

Aus seiner Schreibtischschublade entnahm er zwei Aspirin und schluckte sie mit Cola herunter.

»Welche Mieze hast du denn letzte Nacht gekrault?«, wollte sein Assistent wissen.

»Jürgen, wenn man allein lebt, ist das manchmal so.«

»Da bin ich doch froh, dass ich eine Freundin habe, die keinen Alkohol trinkt«, gab Jürgen grinsend zurück.

»So eine Freundin wünsche ich mir zwar nicht, aber eine, die nicht so viel Wein trinkt. Aber lass uns jetzt zum Tatort fahren.«

Am Unfallort, der Haltestelle am Dornbusch, stand bereits der Rettungswagen. Auf dem Bahnsteig hatte sich eine Menschenmenge angesammelt.

»Um Himmelswillen, Jürgen, wo fangen wir denn an? Ich sehe nämlich alles doppelt. Stehen wirklich so viele Menschen hier herum?«

»Du siehst nicht doppelt, Dieter. Hier stehen wirklich viele Menschen. Die müssen alle zu ihrem Job oder wollen sonst wo hinfahren.«

»So, dann fang mal an, die Leute zu befragen!«, befahl der Kommissar.

Viele der Fahrgäste waren inzwischen ungehalten und einige hatten sich bereits entfernt. Von den verbliebenen hatte oder wollte keiner etwas gesehen haben. Einige der Fahrgäste hatten nur bemerkt, dass die U-Bahn plötzlich gebremst und mit einem Ruck gestanden habe. Sollte es sich um einen Selbstmord handeln, war Jürgens erster Gedanke, würden ihm heute umfangreiche Ermittlungen erspart bleiben und er könnte früher zu

Hause sein um sich von der letzten Nacht zu entspannen. Die tödlich Verunglückte wurde abtransportiert. Die Bahnpolizei hatte die Absicherung des Unfallortes abgeschlossen und der Technische Dienst der Verkehrsbetriebe hatte alle entsprechenden Arbeiten so organisiert, dass die Bahn bald weiterfahren konnte. Die Befragung des U-Bahn-Fahrers hatte ergeben, dass er gesehen hatte, wie eine Frau auf die Gleise gestürzt war. Sofort habe er eine Vollbremsung vollzogen.

Der Kommissar schloss die Befragung der Reisenden ab. Mit seinem Assistenten fuhr er zurück ins nahegelegene Polizeipräsidium. Bevor er sein Protokoll schreiben wollte, beschloss er zu frühstücken. Aus der Kantine holte er sich Kaffee und zwei belegte Brötchen. Mürrisch starrte er auf seinen PC, aß und trank. Sein kriminalistischer Instinkt zweifelte an einem Selbstmord. Er schaute in die Tasche der tödlich verunglückten Frau. Der Arbeitszeitkarte entnahm er, dass es sich um Petra Mohn handelte, die in der Verwaltung eines Zementbetriebes in Oberursel tätig war. Frau Mohn lag auf den Gleisen in Richtung Innenstadt. Der Bahnsteig nach Oberursel liegt aber auf der gegenüberliegenden Seite. Warum war sie in die entgegengesetzte Richtung gefahren? Aus dem Terminzettel einer Frauenarztpraxis in der Innenstadt konnte er entnehmen, dass sie heute einen Termin hatte. Das erklärte einiges. Der Kommissar erhob sich, wischte mit einer fahrigen Bewegung den Mund ab und rief die Arbeitsstelle von Frau Mohn an um den tödlichen Unfall mitzuteilen.

Eine routiniert klingende Telefonstimme meldete sich und stellte das Gespräch weiter durch. Eine Frau Schmidt kam an den Apparat.

»Die Telefonzentrale hat mir bereits mitgeteilt, was geschehen ist. Wie ist denn das passiert?«

Man konnte stoßweise ihren Atem hören und dann teilte Frau Schmidt dem Kommissar mit: »Soviel ich weiß, hatte Frau Mohn heute einen privaten Termin und wollte gegen Mittag wieder an ihrem Arbeitsplatz sein.«

»Danke Frau Schmidt, ich werde Sie im Laufe des heutigen Tages noch aufsuchen, um Sie zu weiteren Einzelheiten befragen«, war seine dankbare Antwort.

Wieder im Polizeipräsidium angelangt bat er Jürgen, zu der Frauenarztpraxis zu fahren und herauszufinden, warum Frau Mohn heute einen Termin gehabt hatte. Der Kommissar beschloss vom Büro aus zu recherchieren.

»Du meinst wohl, du willst deinen Kater auskurieren«, entgegnete Jürgen bissig.

»Ja, so ein bisschen«, murmelte er, steckte eine Zigarette an und schaute aus dem Fenster in den sonnigen Tag.

Lustlos nahm er Frau Mohns Handy und sah auf dem Display, dass mehrere Gespräche mit einem Klaus und einem Ludwig geführt worden waren. Zunächst wählte er die Nummer von Klaus.

»Klaus Kalkus«, meldete sich eine verschlafene Stimme.

»Hier Kommissar Dieter Dehm-Riegel. Frau Mohn wurde heute Morgen von einer U-Bahn überfahren. Ich muss Ihnen deshalb ein paar Fragen stellen. Wo kann ich Sie antreffen?«

»Sie können mich zu Hause besuchen«.

Klaus Kalkus teilte ihm seine Anschrift mit.

Der Kommissar fuhr eilig zur Wohnung. Nach mehrmaligem Klingeln öffnete ein jüngerer Mann in einem verwaschenen Jogging-Anzug mit und zerzausten Haaren. Hinter dem zerwühlten Bett lief der Fernseher. Auf dem Boden stand ein Aschenbecher mit Zigarettenkippen, daneben standen mehrere Bierflaschen und eine leere Flasche Wein. Von einem Stuhl nahm Klaus Kalkus Kleidungsstücke herunter und warf sie auf den Boden. Er bat den Kommissar Platz zu nehmen. Dieser winkte freundlich ab, er wolle lieber stehen bleiben.

»Herr Kalkus, in welcher Beziehung standen Sie zu Frau Mohn?«

»Nennen Sie mich doch bitte KaKa, wie es alle tun.«

»Na, gut, aber nennen Sie mich nicht DDR. Also erzählen Sie mal, KaKa!«

»Petra war meine Ex-Freundin und hat mir bei meinem Auszug aus ihrer Wohnung Geld geliehen, damit ich mir einige Möbel kaufen kann. Zurzeit bin ich aber arbeitslos, und…«

Der Kommissar fiel ihm ins Wort: »Sie können also Frau Mohn das Geld nicht zurückzahlen? Haben Sie deshalb Frau Mohn heute Morgen vor die U-Bahn gestoßen?«

»Um Himmelswillen nein, ich habe bis eben geschlafen!«, waren seine erregten Worte.

»Also gut, KaKa. Ich hoffe, Sie haben mich nicht angelogen. Halten Sie sich weiter zur Verfügung!«, mahnte ihn der Kommissar zum Abschied. Dieter Dehm-Riegel verließ dann schnell das Appartement. KaKa hatte zwar kein Alibi, aber diesem chaotischen, sympathischen Mann vertraute er.

Als der Kommissar wieder im Auto saß, meldete ihm Jürgen telefonisch, dass Frau Mohn schwanger gewesen sei und deshalb an diesem Morgen einen Termin beim Frauenarzt gehabt habe. Seine kriminalistische Erfahrung sagte ihm, dass jemand bei dem Sturz auf die Gleise nachgeholfen hatte. Zu KaKa wollte er nicht zurückfahren, um ihn wegen der Schwangerschaft zu befragen. Er fuhr direkt zur letzten Arbeitsstelle Frau Mohns.

In der Hauptverwaltung des Betonherstellers angekommen empfing ihn Frau Schmidt und bat ihn in einen der Konferenzräume. Sie servierte ihm Kaffee.

»Frau Schmidt, erzählen Sie mir doch etwas von Frau Mohn! War sie mit einem Kollegen befreundet? Oder kennen Sie einen Herrn mit dem Vornamen Ludwig?«

»Mein Chef, Herr Sommer, heißt mit Vornamen Ludwig«, kam es zögernd aus ihrem Munde. Frau Schmidt spitzte die Lippen und ihre Augen funkelten, als ob sie mehr wusste, als sie preisgeben wollte.

»Ich weiß nicht, ob es Ihnen weiterhilft. Gestern Abend habe ich auf unserem Firmenparkplatz beobachtet, wie Frau Mohn und mein Chef, aufgeregt miteinander sprachen. Herr Sommer stieg abrupt in sein Auto und Frau Mohn rüttelte anschließend an der Fahrertür. Dann fuhr er mit Vollgas davon.«

»Hatte Frau Mohn irgendwelche Feinde hier im Betrieb?«

Bei dem Wort »Feinde« schaute Frau Schmidt den Kommissar interessiert an.

»Ja, da ist noch eine unangenehme Geschichte. Herr Sommer versetzte vor einiger Zeit meine Kollegin, Frau Landmann, in eine andere Abteilung und Frau Mohn erhielt deren Position. Öfters beschimpfte Frau Landmann deshalb Frau

90

Mohn wegen der Versetzung. In der Kantine hätten auch einige Kolleginnen gehört, wie Frau Landmann mehrmals sagte, dass sie Frau Mohn am liebsten den Hals umdrehen würde.«

»Wo kann ich Frau Landmann erreichen?«

»Sie hat im Moment Urlaub. Anschrift und Telefonnummer habe ich Ihnen hier aufgeschrieben.«

Zunächst wollte der Kommissar mit Herrn Sommer reden und bat Frau Schmidt ihn anzumelden. Die zierliche, kleine Frau, in dem viel zu engen Rock tippelte mit kleinen Schritten zu Herrn Sommers Büro. Energisch klopfte sie an die Tür und kündigte den Besuch des Kommissars an. Betont langsam ging er hinein.

»Guten Tag, ich bin Kriminalkommissar Dehm-Riegel. Ich muss Sie bitten, mir einige Fragen zu beantworten. Wie Sie ja sicherlich von Frau Schmidt gehört haben, ist heute Morgen Frau Mohn tödlich verunglückt. Wo waren Sie denn heute Morgen um 8.00 Uhr?«

Herr Sommer stand aus seinem Bürosessel auf, ging zum Fenster und schaute verlegen auf die gegenüberstehenden Bäume. Man sah ihm an, dass er überlegte und dass ihm etwas unangenehm war.

»Um 8.00 Uhr? Da war ich auf der Fahrt nach Oberursel«, kamen die Worte langsam.

»Ich nehme an, dass Sie verheiratet sind. Aber

um auf den Kern der Sache zu kommen. Hatten Sie ein Verhältnis mit Frau Mohn?«

Er wischte sich mit einer fahrigen Bewegung über die Stirn, schaute unter sich und antwortete mit einem zögerlichen »Ja«.

»Hatte Ihnen Frau Mohn mitgeteilt, dass sie schwanger war? War sie von Ihnen schwanger?«

Herr Sommer holte tief Luft, senkte seine Stimme und antwortete: »Ich hoffe nicht.«

»Kann mir Ihre Frau bestätigen, wann Sie heute Morgen zu Hause weggefahren sind?"

»Da wir getrennte Schlafzimmer haben, kann ich mir nicht vorstellen, dass sie irgendetwas gehört hat. Sie können meine Frau aber selbst fragen. Ich gebe Ihnen die Handy-Nummer.«

»Herr Sommer, überlegen Sie nochmal, wann Sie genau von zu Hause weggefahren sind und wie viel Zeit Sie für die Fahrt ins Büro benötigt haben!«

Herr Sommer wiederholte das bereits Gesagte. Der Kommissar hatte alles notiert und verabschiedete sich. Beim Verlassen des Bürogebäudes wählte er die Handy-Nummer Frau Sommers. Die Mailbox ging an. Er informierte über den Unglücksfall und bat, ihn dringend zurückzurufen oder persönlich ins Polizeipräsidium zu kommen. Dann fuhr er zurück zum Büro.

Inzwischen hatte Jürgen die Namen aller Verdächtigen an eine Pinnwand geheftet und stand gedankenversunken davor. Er war der Überzeugung, dass Frau Mohn von Klaus Kalkus vom Bahnsteig gestoßen worden war.

»He, Jürgen, jetzt mach' mal halblang, lass mich erst mal Frau Landmann und dann Frau Sommer verhören.«

Das Handy klingelte. Frau Sommer meldete sich.

»Hallo, ich würde gerne heute, am späten Nachmittag kommen. Wäre Ihnen das recht?«

»Geht es nicht früher, Frau Sommer?«

»Leider nicht, ich habe noch einen Termin.«

»Na, gut, dann warte ich auf Sie.«

Der Kommissar zündete sich eine Zigarette an und stellte sich zu Jürgen wieder vor die Pinnwand. Jürgen hatte zu den Verdächtigen auch die eventuellen Mordmotive geheftet. Der Kommissar wollte keine voreiligen Schlüsse ziehen und setzte sich zurück an den Schreibtisch.

Plötzlich ging schwungvoll die Bürotür auf und eine blonde, elegant gekleidete Frau in einem enganliegenden schwarzen Kostüm stand vor ihm. Ein aristokratisches Flair umhüllte sie.

»Guten Tag, ich bin Frau Sommer.«

»Hätte ich diese bildhübsche Frau nicht woanders treffen können?«, schoss es ihm durch den Kopf. Verzaubert von ihrer Schönheit schaute er ihr tief in die schwarz umrandeten, grünen Katzenaugen.

»Nett, dass Sie gekommen sind. Bitte setzen Sie sich. Ich muss Ihnen ein paar Fragen stellen. »Um wie viel Uhr ist heute Morgen Ihr Mann von zu Hause weggefahren?«

In der Erwartung etwas Finsteres, Verbotenes oder zumindest Verrücktes zu hören, bestätigte sie mit kindlicher Einfachheit die Aussage ihres Mannes.

»Sie haben also wirklich nichts gehört? Oder verschweigen Sie mir etwas?«

Sie rutschte unruhig auf dem Stuhl hin und her und Röte stieg ihr ins Gesicht. Jetzt spürte der Kommissar, dass sie ihm doch etwas Besonderes mitteilen wollte.

»Wie soll ich Ihnen das sagen?«, kam es nach einem tiefen Seufzer mit halberstickter Stimme aus ihr heraus. »Ich kann es Ihnen ja gestehen. Letzte Nacht habe ich nicht zu Hause geschlafen. Mein Mann ist auch kein Heiliger, aber ich hoffe, er hat davon nichts mitbekommen. In letzter Zeit war er sowieso mit Frau Mohn beschäftigt.«

»Wussten Sie, dass Frau Mohn schwanger war?«

»Das auch noch! Nicht nur, dass er mich mit dieser belanglosen Ziege betrogen hat. Jetzt hat er sie auch noch geschwängert! Ich weiß nur, dass er sie unbedingt loswerden werden wollte.«

»Wo waren Sie denn letzte Nacht?«

Sie wand sich vor Verlegenheit und umklammerte ihre Tasche.

»Seit längerer Zeit habe ich einen jungen Freund und habe mit ihm den gestrigen Abend und die Nacht verbracht. Er arbeitet als Kellner und hatte gestern seinen freien Tag«, kam es stotternd über ihre rosarot geschminkten Lippen.

»Dies werde ich gleich nachprüfen lassen. In welchem Restaurant arbeitet ihr Freund?«

»Im *Blauen Salon* am Opernplatz. Jeden Donnerstag habe ich dort Frauenstammtisch.«

»Wie heißt denn Ihr Freund, Frau Sommer?«

»Antonio Christo«, flötete sie.

Er wandte sich zu seinem Assistenten: »Jürgen, rufe doch bitte mal im Restaurant *Blauen Salon* an und frage nach, um wie viel Uhr heute Abend Antonio Christo arbeitet und befrage ihn später.«

»Frau Sommer, waren Sie heute Morgen so gegen acht Uhr an der U-Bahn-Haltestelle am Dornbusch?«

Sie verneinte.

»Okay, ich werde das so aufnehmen und bitte Sie sich eventuell für eine weitere Befragung zur Verfügung zu halten.«

»Aber gerne. Ich würde mich freuen, wenn Sie mich heute Abend bei einem Essen und einem Glas Wein weiter verhören würden.«

»Leider bin ich noch im Dienst. Aber danach könnten wir darüber reden.«

Wow, dachte der Kommissar, geht die ran! Sie gefiel ihm! Beim Rausgehen blickte er ihrer aufregenden Figur gierig nach. Hoffentlich ist sie keine Mörderin. Denn er hatte große Lust, mit ihr essen zu gehen.

Sein Handy klingelte. Es meldete sich Frau Renner. Sie klang aufgeregt.

»Ich habe von Frau Schmidt gehört, dass Frau Mohn heute Morgen an der Haltestelle Dornbusch von einer U-Bahn überfahren wurde. Ich fahre jeden Morgen kurz vor acht Uhr von dieser Haltestelle in Richtung Oberursel. Heute Morgen sah ich auf dem gegenüberliegenden Bahnsteig Herrn Sommer stehen. Ich konnte mir darauf keinen Reim machen«, sprudelte es aus ihr heraus.

»Frau Renner, bitte halten Sie sich zur Verfügung, damit wir Ihre Aussage protokollieren können.« Sie war die perfekte Zeugin. Augenblicklich zeigte sich Erleichterung im Gesicht des Kommissars. Er winkte Jürgen zu sich: »Jürgen, bald hast Du Feierabend. Wir fahren zu Herrn Sommer und werden ihm die Zeugenaussage überbringen.«

Dieter Dehm-Riegel hatte sein kriminalistisches Gespür also nicht verlassen, dass Frau Mohn von dem in Bedrängnis geratenen Herrn Sommer auf die Gleise gestoßen worden war. Herr Sommer ließ sich widerstandlos festnehmen.

Über seinen Schreibtisch gebeugt suchte er zögerlich den Notizzettel mit der Telefonnummer von Frau Sommer. Erregt wählte er ihre Nummer und verabredete sich mit ihr für den Abend. Sie sollte diese schlimme Nachricht direkt von ihm erfahren. Aus der Schublade holte er zwei Aspirin und nahm sie mit dem Rest Cola ein. Für den Abend beschloss er einen guten Wein zu trinken.

Möge der Wein eine große Tat hervorbringen.

# Der Ring

Darf ich Ihnen ein Glas Sekt anbieten?« Renate drehte sich um und schaute in die wasserblauen Augen des Kellners. Dankend nahm sie ein Glas vom Tablett und wandte sich wieder den im Halbkreis stehenden Damen zu. Aber ihr Blick folgte dem schwingenden Gang des Kellners. Der gutaussehende Mann faszinierte sie durch seine schlanke Gestalt und durch die unbekümmerte Jugendlichkeit.

Heute fand das alljährliche Sommerfest der Firma ihres Mannes statt und Renate musste sich um einige Geschäftsleute kümmern. Der Kellner schaute gelegentlich lächelnd zu ihr herüber. Renate begrüßte inzwischen weitere Gäste, aber ihre Blicke trafen sich zwischendurch. Sie spürte es, er wollte unbedingt Kontakt mit ihr aufnehmen. Beim Blick auf ihre Uhr sah sie, dass es erst sechszehn Uhr war. Bis zum Ende des Empfangs musste sie noch einige Geschäftsleute und weitere Gäste begrüßen und sich gelegentlich mit dem einen oder anderen auch länger unterhalten.

Mr. Smith, ein guter Kunde, der sich nur aufs

Geldverdienen verstand und beständig von den reichen Amerikanern sprach, ermüdete Renate nach einiger Zeit. Sie drückte ihm die Hand, wünschte ihm für seine Geschäfte alles Gute und verabschiedete sich um sich anderen Gästen zuzuwenden. Gemächlich schritt sie durch die anwesende Gästeschar, um ihren Mann zu suchen. Plötzlich stand der Kellner wieder vor ihr.

»Gnädige Frau, Sie nehmen doch bestimmt noch ein Glas?«

Nicht Schüchternheit ließ sie stumm bleiben, denn sie spürte, er wollte etwas anderes sagen. Sein gewinnendes, sympathisches Lächeln ließ sie schweigend ein Glas Sekt nehmen. Sie betrachtete sein ebenmäßiges Gesicht und wollte sich bedanken, da kamen aber schon seine nächsten Worte:

»Darf ich Sie nächste Woche zu einem Kaffee einladen?«

Renate war nicht erstaunt über die überraschende Bitte, denn sie hatte sich diese gewünscht. Schweigend neigte sie ihren Kopf zu einem Ja. Der Kellner deutete auf das auf dem Tablett liegende Streichholzheftchen.

»Bitte rufen Sie mich an, wenn Sie Zeit haben.«

Renate sah ihm schweigend in die Augen, nahm das Streichholzheftchen und sah auf der Innenseite eine mit Kugelschreiber notierte Telefonnummer. Dann entschwand er mit dem Tablett in der Menge der Gäste.

Lange trug sie die Telefonnummer des Kellners in ihrer Tasche. Gelegentlich holte sie die Nummer heraus, betrachtete sie und nahm sich vor, den netten, jungen Mann anzurufen. Vielleicht war er ein humorvoller Gesellschafter und brachte Abwechslung in ihr langweiliges Leben. Ihren Mann sah sie in letzter Zeit selten. Geschäftsreisen, Essen mit Geschäftspartnern, interne Meetings und neue Kunden akquirieren, so wollte er unbedingt die Firma zu einem größeren Unternehmen erweitern. Derweilen fehlte Renate die Lebenssonne, die ihr Leben zum Leuchten bringen könnte. Sie spielte zwar Tennis, ging gelegentlich mit alten Männern und Frauen golfen und besuchte einen Literaturkurs, aber etwas fehlte.

Schließlich holte sie nach einigen Tagen die Telefonnummer des Kellners aus ihrer Tasche und wählte mit feuchten Händen aufgeregt die Nummer. Nach mehrmaligem Klingeln meldet sich eine Stimme. Zaghaft hauchte sie in den Hörer: »Frau Wagner hier.«

»Ach, das ist aber nett, Frau Wagner, dass Sie anrufen. Ich würde Sie gerne zum Kaffee einladen. Wann haben Sie denn Zeit sich mit mir zu treffen?«

Sie wollte nicht, dass er ihre Einsamkeit bemerkte und gab zu verstehen, dass sie erst auf ihren Terminkalender schauen müsse. Nach einigem Zögern schlug sie ihm den kommenden Mittwoch vor. Er schlug ihr als Treffpunkt das Restaurant *Oosten* vor. In der Aufregung hatte sie vergessen, ihn nach seinem Namen zu fragen.

Zwischen Nervosität und freudiger Erregung betrat sie das Restaurant. Vor einem Glas Rotwein sah sie ihre Verabredung am Fenster sitzen. Höflich stand er auf, begrüßte sie freudestrahlend und stellte sich als Jan vor. Renate bestellte bei der jungen Kellnerin einen Kaffee. Nachdem Jan sich nach dem zweiten Rotwein den dritten servieren ließ, kam sich Renate spießig vor und orderte auch einen.

Beide tranken mehrere Gläser Rotwein. Jan schaute ihr tief in die Augen und schlug ihr vor, einen Kaffee in der Wohnung seines Freundes zu trinken. Überschwänglich erzählte er ihr, dass er die Wohnung eines Freundes betreue, der zurzeit im Urlaub sei. Es seien nur ein paar Minuten Fußweg bis dorthin. Renate bezahlte wortlos die Rechnung.

Jan bediente in der Küche die Kaffeemaschine. Derweilen saß Renate ihm gegenüber an dem Küchentisch wie festgefroren auf einem Stuhl und berichtete ihm von ihrem Mann, der nur mit seiner Firma beschäftigt sei.

Jan legte Musik auf, stellte den Kaffee, einige Süßigkeiten und zwei Gläser mit einer Flasche Amaretto auf den Couchtisch. Dann nahm er Renate in den Arm und zog sie auf die Couch. Renate fühlte sich wie ein Eichhörnchen, das gierig auf die Nüsse wartete. In dem Moment vernahm sie Jans Flüstern, dass er vor ihren Erwartungen Angst habe. Renate ließ sich daraufhin auf die Couch fallen und von Jan entkleiden.

Zu später Stunde parkte sie das Auto vor ihrem Haus, stieg beschwingt aus dem Wagen, öffnete das Gartentor und durchquerte den mit vielen Sträuchern und Blumen bepflanzten Vorgarten. Nachdem sie die Haustür aufgeschlossen hatte, warf sie ihre Kostümjacke über einen Stuhl. Die stille Dunkelheit des Hauses empfand sie als angenehm. Herbert war also noch nicht da. Aus der Hausbar holte sie sich einen Cognac und setzte sich in einen Sessel. Es war ein schöner Nachmittag gewesen. Jan war ein zärtlicher und temperamentvoller Liebhaber. Gut, ihr Mann war eben schon älter. Wo blieb er denn heute nur? In letzter Zeit kam er immer sehr spät nach Hause.

Renate schaltete das Radio an, lauschte der späten Musik und genoss den Cognac. Plötzlich sah sie, dass an ihrem Finger der Ring fehlte. Sie wurde blass und Tränen stiegen ihr in die Augen. Hatte sie ihn auf der Damentoilette im Restaurant liegengelassen oder vielleicht gar nicht angezogen? Nach einigem Nachdenken war sie sich ziemlich sicher den Ring auf der Toilette in der Wohnung des Freundes von Jan vergessen zu haben. Da es sich um einen Opalring mit zehn Diamanten handelte, den Herbert ihr zum zehnten Hochzeitstag geschenkt hatte, zog sie ihn nie zum Schwimmen, Golfen und Tennisspielen an. Deshalb war sie nicht sicher, ob sie ihn verloren haben könnte. Den Ring wollte sie aber erst am nächsten Tag suchen oder überlegen, wo sie ihn liegengelassen hatte.

Herbert kam wie immer spät nach Hause und nach einem kurzen Gruß und einem Whisky ging er sofort ins Bett. Am nächsten Morgen waren beide nicht sehr gesprächig. Renate hatte sich fast schon daran gewöhnt, dass Herbert nach dem Frühstück eilig ins Büro fuhr. Renate ließ derweilen die Gedanken an den gestrigen schönen Nachmittag nicht los, so dass der Ring zur Nebensache wurde. Es klingelte an der Haustür und ihre polnische Putzfrau kam stürmisch herein. Für Renate war das ein guter Anlass, sich mit Gosia bei einer Tasse Kaffee zu unterhalten und abzulenken. Dabei hoffte sie inständig, dass Gosia den Ring nicht entwendet hatte. Als die Putzfrau gegen Mittag ging, wollte sie zuerst einmal den Verbleib des Ringes mit Jan klären. Obwohl ihr das peinlich war, nahm sie ihren ganzen Mut zusammen und rief ihn an.

Jan saß derweilen vor dem Fernseher und trank die dritte Flasche Bier, als sein Handy klingelte. Auf dem Display bemerkte er, wie erwartet, Renates Nummer. Warum könnte nicht alles so weitergehen? Aber selbst wenn er noch ein paar Mal mit ihr schlafen sollte, würde es nicht bedeuten, dass er von ihr mehr wollte. Schließlich sollte das eine Frau um die vierzig wissen. Nach mehrmaligem Klingeln meldete er sich und vernahm Renates Stimme. Aufgeregt wollte sie wissen, ob sie ihren Ring in der Wohnung vergessen und er ihn vielleicht gefunden hätte. Der Ring lag vor ihm. Er verneinte. Ihr Mann konnte ihr bestimmt einen neuen kaufen, waren seine Gedanken. Aber er brauchte unbedingt ein Geburtstagsgeschenk für seine Freundin. Er tröstete sie mit den Worten: »Ich hoffe, mein Schatz, du hast bald wieder Zeit für mich. Ich habe Sehnsucht nach dir.« In diesem Moment aber lag Renate jeder Gedanke an ein Wiedersehen fern, zuerst musste sie den Ring finden.

Zum Geburtstag lud Jan seine Freundin Iris in eine Pizzeria ein. Nach einer Umarmung und einem Kuss steckte er ihr mit Glückwünschen einen Ring an den Finger. Sein Erstaunen war groß, dass er ihr passte. Iris bedankte sich überschwänglich für den wunderschönen Ring, der einem echten so ähnlich schien.

Iris, die als Studentin bei der Firma Wagner jobbte, war so entzückt über ihr Geburtstagsgeschenk, dass sie den Ring im Kollegenkreis herumzeigte. Herr Wagner, der zufällig in die Abteilung kam, ließ die Neugierde nicht los und er wollte das Geschenk auch betrachten. Stolz zeigte Iris den Ring. Herr Wagner schaute erstaunt auf den Ring. Sein Lächeln erstarrte. Ungläubig stellte er fest, dass er Renate einen ähnlichen Ring zum zehnten Hochzeitstag geschenkt hatte. Versonnen kratzte er sich am Kopf und fragte missbilligend: »Woher haben Sie denn diesen schönen Ring?« Strahlend erklärte sie ihm, dass der Ring ein Geburtstagsgeschenk ihres Freundes sei. Nachdenklich eilte Herr Wagner in sein Büro zurück.

Als er die Tür geschlossen hatte, dachte über seine zehnjährige Ehe mit Renate nach. Der Gedanke an den Ring ließ ihn nicht los. Er blickte unentschlossen auf den Telefonhörer. Diesen eigenartigen Vorfall musste er Renate berichten.

Renate nahm zu Hause den Hörer ab und vernahm die autoritäre Stimme ihres Mannes, die aber nach einer Weile in Besorgnis umschlug. »Unsere kleine Aushilfskraft hat mir heute einen Ring gezeigt, der deinem Ring zum zehnten Hochzeitstag ähnelt. Ich kann mich erinnern, dass der Juwelier uns damals versichert hatte, der Ring sei ein Einzelstück.«

Renate schwieg. Aufgeregt betonte Herbert, dass man heute nur noch betrogen und belogen werde. Renate schwieg. Dann aber fand Herbert nachdenkliche Worte. Ihm fiel auf, dass er sie in den letzten Wochen doch sehr vernachlässigt hatte und, um sein schlechtes Gewissen zu beruhigen, würde er sie heute Abend zum Essen einladen. Er schaute in seinen Terminkalender und sah, dass heute keine Geschäftstermine mehr anstanden. Er bat Renate gegen 19.00 Uhr in den *Ivory Club* zu kommen. Renate schwieg. Nach einem tiefen Atemzug gab er ihr zu verstehen, dass er sich freuen würde, wenn sie den Ring heute tragen würde.

# Edwin

Jeden letzten Freitag im Monat ging Edwin mit seinen Kollegen und Kolleginnen in ein Bowling-Center. Er fragte sich immer, ob Bowling ein Sport, ein Zeitvertreib, ein Spiel oder geselliges Beisammensein sei. Egal, dachte er. Da Edwin sich mit seinen Kollegen und Kolleginnen aus dem kaufmännischen Bereich gut verstand, versuchte er Spaß am Bowlen zu finden. Als Lagerist arbeitete er ausschließlich nur mit dem Lagerpersonal und den Fahrern zusammen, die meistens einsilbig waren, wenn sie überhaupt ein Gespräch zustande brachten. Mit den anderen Kollegen konnte er über Fußball und ihre Hobbys sprechen, außerdem hörten sie ihm begeistert zu, wenn er über sein Lieblingsthema, die Oper, sprach.

Die Bowlingregeln, die Punktebewertung und das Bonussystem verstand er nicht und wollte es auch nicht. Mit einem Spare, Foul oder Strike konnte er nichts anfangen. Aber die Bowling-Freunde halfen ihm und erklärten ihm immer wieder die einzelnen Würfe und Varianten des

Spiels. Das gesellige Beisammensein machte ihm Spaß. Abstoßend hingegen fand er, dass die Spieler für den Bowling-Boden geeignete Schuhe anziehen mussten. Seine Mitspieler brachten ihre eigenen Schuhe mit. Edwin hatte keine Lust, sich die erforderlichen Schuhe zu kaufen, deshalb musste er sich immer ein Paar ausleihen. In bereits von Anderen getragene Schuhe schlüpfen zu müssen, fand er grauenvoll. Der große Parkplatz vor dem Bowlingcenter gefiel ihm am besten: Keine Parkplatzsuche und nach dem Bowlingspiel eine schnelle Abfahrt.

Die Kollegen und Kolleginnen wussten, dass Edwin nicht nur die Oper, sondern auch Schauspiel und Ballett liebte. Mit seiner langjährigen Freundin, Chris Ferrara, die inzwischen einen Galeristen geheiratet hatte und in Florenz lebte, besuchte er, wenn sie in Frankfurt weilte, nicht nur Opernaufführungen, sondern auch Ausstellungen und Museen. Seine Wochenenden füllte er stets mit Kultur aus. Mit seinem Freund Hanno schaute er als leidenschaftlicher Opern-Fan am liebsten Puccini-Aufführungen an. Die Kollegen und Kolleginnen nahmen es ihm manchmal übel, wenn er abfällig über Bowling redete. Aber seine Liebenswürdigkeit machte das wieder wett, wenn er ihnen von den letzten Opernaufführungen berichtete.

An einem Freitag fehlte Edwin. Den Besuch einer Oper oder einer anderen Vorstellung hatte er gegenüber seinen Bowling-Freunden nicht erwähnt. Vielleicht hatte ihn an diesem Tag das ausgesprochen schlechte Wetter mit dem kräftigen Regen vom Bowling abgehalten oder er hatte eine andere Verpflichtung? In der Firmenkantine war er allerdings von einigen Kollegen gesehen worden.

Die Bowling-Gruppe beschloss deshalb, nach dem Spiel Edwin zu Hause zu besuchen. Nach der Punktebewertung der Spieler und den letzten Drinks fuhren sie mit ihren Autos zu Edwins Wohnung. Die lag ganz in der Nähe des Bowlingcenters. Alle waren froh, bei dem starken Regen nicht durch die ganze Stadt fahren zu müssen.

Als sie vor dem dreistöckigen Haus standen, klingelten sie mehrmals an dem Namensschild E. Kunze. Keiner öffnete. Sigrid wusste, dass Edwin im zweiten Stockwerk des Hauses wohnte. Sie schaute nach oben. Die Gardinen waren zur Seite gezogen und sie konnte einen müden Lichtschein erkennen. Hans klingelte nochmals. Keiner öffnete. Nun sorgten sich die Bowling-Freunde. War er krank geworden, hatte er Besuch, lag er hilflos in der Wohnung oder wollte er niemandem öffnen? Sie standen ratlos vor dem Haus und wählten schließlich seine Telefonnummer. Er nahm nicht ab. Alle redeten beunruhigt durcheinander. Die Neugierde, warum er heute nicht zum Bowling gekommen war, wurde immer größer. Sigrid drückte noch einmal auf die Klingel. Eine Weile blieben sie im Regen stehen und diskutierten, was sie machen sollten. Nach längerem Warten beschlossen sie nach Hause zu fahren. Doch plötzlich summte der Türöffner. Erleichtert eilten sie in die zweite Etage. Die Wohnungstür war angelehnt. Eberhard, der sich immer furchtlos gab, stieß die Tür weiter auf. Aus der Wohnung konnten sie keine Geräusche vernehmen.

Alle schauten sich an, gingen dann vorsichtig in die Wohnung hinein. Sie wussten nicht, ob sie staunen oder lachen sollten. Edwin saß mit einer rudimentären Anmut auf der Couch, gekleidet wie immer in ein grünes, mit Rüschen besetztes Abendkleid. Über die Ohren hatte er Kopfhörer gestülpt. Auf dem feierlich gedeckten Tisch standen eine kleine Vase mit Rosen, eine Flasche Sekt und ein halbgefülltes Glas. Auf einem Teller lagen einige Schnittchen. Verteilt im Zimmer brannten verschieden große Kerzen. Im eingeschalteten Fernseher lief eine Opernaufführung in deutscher Sprache. Edwin, dessen Blick auf den Bildschirm gerichtet war, nahm die Besucher aus den Augenwinkeln wahr und bat mit leisen Worten um Ruhe. Alle bedachten ihn mit einem ironischen Grinsen, drehten sich schweigend um und verließen geräuschlos die Wohnung.

Edwin nahm genüsslich einen Schluck aus dem Sektglas, schaute weiterhin gebannt auf den Bild-

schirm und lauschte dem Gesang Madam Butter-
flys: *Sollt' ich's verschweigen? Soll' mich schämen?
Ihr lächelt? Warum? So ist das Leben.*

# Die Kreuzfahrt

8 Passagiere am Tisch 49 im *Ocean*-Restaurant an Bord des Kreuzfahrtschiffes *White Rose of Sea:*

Frau Selma Gabel
Frau Frey
Frau Fröhlich
Frau Theis-Schnabel
Frau Engelheimer
Herr Petermann
Herr Markgraf
Herr Neubauer

Selma eilte zum Briefkasten, denn an ihrem heutigen Geburtstag hoffte sie eine paar Kartenglückwünsche zu erhalten. Sie hatte sich das von ihren Freundinnen so gewünscht. Aufgeregt öffnete sie den Briefkasten: Alle Geburtstagskarten waren da. Und da lag auch noch ein Brief. Sie öffnete ihn und las, dass ihr die Lebensversicherung zum Geburtstag gratuliere. Es befanden sich noch weitere Unterlagen in dem Umschlag. Sie ging fröhlich die Stufen zu ihrer Wohnung hoch. Den Brief legte sie auf die Truhe im Korridor, um ihn später in Ruhe zu lesen. Zuerst bedankte sie sich telefonisch für die Kartenglückwünsche bei ihren Freundinnen, die sie an diesem Nachmittag zu Kaffee und Kuchen eingeladen hatte.

Bevor sie den Umschlag mit den beigefügten Unterlagen ihrer Lebensversicherung *Bergdaun* in den Papierkorb werfen wollte, sah sie sich die Unterlagen genauer an. Da Selma keinen Ehemann, weder Geschwister noch Kinder und auch keine Enkel hatte, die sie beerben konnten, würde ihr die Lebensversicherung in zwei Jahren, wenn Selma siebenundsechzig Jahre alt werden sollte, die Versicherungssumme auszahlen müssen. Es war eine größere Summe. Selma beabsichtigte mit dem Betrag eine längere Reise zu unternehmen. Sie entnahm dem Umschlag das Anschreiben mit den Glückwünschen. Zu ihrem größten Erstaunen las sie in den Unterlagen, dass ihr die Versicherung eine Reise geschenkt hatte: eine Kreuzfahrt im westlichen Mittelmeer. Das Flugticket nach Palma de Mallorca, wo die Schiffsreise beginnen würde, und die Schiffspassage für das Kreuzfahrschiff *White Rose of Sea* waren beigefügt. Ein geplantes umfangreiches Reiseprogramm ebenfalls. Die Reise sollte im kommenden April stattfinden. Das Geburtstags-Geschenk hielt Selma für derart unglaublich, dass sie vorsichtshalber die Versicherung anrief, um sich zu vergewissern, ob die Kreuzfahrt tatsächlich für sie vorgesehen sei. Eine Mitarbeiterin erklärte ihr höflich, dass sie zu den ausgewählten Versicherungsnehmern der *Bergdaun* gehöre, die zu der Reise eingeladen worden seien. Es sei alles rechtmäßig.

Der Reisetag im April rückte näher. Selma packte ihren Koffer. Ihre Nachbarin, die bei ihr vorbeischaute, hatte schon öfter eine Kreuzfahrt gemacht und gab ihre einige Tipps. Sie riet ihr auf jeden Fall zwei schicke Kleider mitzunehmen, Jogginganzug sowie einen Badeanzug, ansonsten sportliche Kleidung.

Am Flughafen angekommen zeigte Selma am Schalter der Fluggesellschaft zögerlich und zweifelnd ihr Ticket vor. Die Airline-Angestellte gab Selma zu verstehen, dass es sich hier nur um ein One-way-Flugticket nach Mallorca handele. Selma verstand zwar diese Bemerkung nicht, fragte aber nicht weiter nach.

In der Ankunftshalle am Flughafen in Palma de Mallorca entdeckte Selma einen Mann in maritimer Kleidung, der ein Schild mit dem Namen *White Rose of Sea* hochhielt. Diesem folgte sie zusammen mit einigen anderen Mitreisenden zu einem Bus, der sie zum Hafen fuhr. Sie spürte zwar die samtweiche Luft auf ihrer Haut, aber das Wetter war trübe und grau.

Nachdem Selma den langen Landungssteg hochgegangen war und sie sich in die Schlange der Passagiere eingereiht hatte, begann die Einschiffung. Sie zeigte ihre Schiffpassage vor. Die Stewardess begrüßte sie: »Herzlich willkommen Frau Löffel«. Ganz irritiert schaute Selma hoch und protestierte: »Ich heiße aber Gabel«. Die Stewardess entschuldigte sich humorvoll mit dem Hinweis, sie habe das Besteck verwechselt.

Die Stewardess händigte die Unterlagen über die Kabinennummer auf dem entsprechenden Deck, eine Wegeanleitung und einen Plan des Schiffes ihr aus.

Selma suchte mit weiteren Passagieren in den endlosen, engen Gängen ihre Kabine. Endlich hatte sie die Kabinennummer gefunden und betrat die schmale, fensterlose Innenkabine, die mit einem trostlosen, blauen Teppich ausgelegt war. Ein Geruch von künstlichem Aroma lag in der Luft. Gottseidank litt Selma nicht an Klaustrophobie. Der Obstkorb auf dem kleinen Klapptisch war die einzige Dekoration. Schnell packte sie ihren Koffer aus und hängte die Kleidung in den schmalen Schrank, denn sie musste sich zur Evakuierungsübung an einem der oberen Decks einfinden.

Nach einiger Zeit legte das Schiff mit großem Getöse ab. Einige wenige Touristen am Kai winkten. Der Himmel hatte sich weiter bezogen und das Meer schäumte. Beim Ablegen des Schiffes stand Selma an der Reling und genoss den spektakulären Blick auf Palma.

Der starke Seegang ließ das Schiff schaukeln. Schwankend und wankend suchte sie das Restaurant *Ocean*, in dem während der Kreuzfahrt an Tisch 49 ein Platz für sie zum Frühstück und Abendessen reserviert war.

Auf dem Weg ins *Ocean*-Restaurant begegnete sie einigen älteren Ehepaaren, denen offensichtlich jede Abwechslung recht schien. Am Tisch 49 saßen schon zwei Herren und eine Frau. Selma stellte sich als Frau Gabel vor und einer der Herren, der im Salat stocherte und dessen Mienenspiel einem Vogel glich, murmelte vor sich hin: »Neubauer«. Die Dame neben ihm stellte sich mit einer vorgetäuschten Hilflosigkeit als Frau Theis-Schnabel vor. Ein Herr daneben mit offenem Hemdkragen, aus dem ein buntes Foulard-Tuch herausschaute, das ihn jünger erscheinen ließ, stand auf, begrüßte Selma mit Handschlag und sagte lautstark: »Mein Name ist Peter Petermann.«

Selma ging zum Buffet und als sie mit ihrem Gemüseteller zurückkam, saß eine weitere Frau am Tisch. Diese sah wie eine saure Gurke aus, hatte offensichtlich keinen rechten Appetit und schob den vollgehäuften Teller zurück. Sie stellte sich als Frau Fröhlich vor. Man aß schweigend. Dann kam noch eine weitere Frau an den Tisch: rundlich, klein, mit einem Puppenlächeln und einer für sie viel zu großen goldschimmernden Kette am Hals, die sich als Frau Engelheimer vorstellte. Auf einem Stock gestützt erschien ein düster wirkender Herr, der seinen Teller vorsichtig jonglierte. Sein Gesichtsausdruck glich dem eines mürrischen Oberkellners. Er setzte sich ohne Gruß an den Tisch. Ein Stuhl am Tisch blieb unbesetzt.

Alle Passagiere fühlten sich wegen der unruhigen See nicht wohl. Selma aß schweigend. Nach dem Essen wünschte sie allen eine gute Nacht und entfernte sich.

*Erster Tag auf See.* Am frühen Morgen klemmte Selma ihre Sportutensilien unter den Arm, da sie zum Schwimmen und zur Frühgymnastik gehen wollte. Das Schiff schwankte ein wenig. Sie ging zuerst zur Reling und richtete den Blick auf die Wellen, die eine beruhigende Wirkung auf sie ausübten.

Abends nahm sie wieder an Tisch 49 im *Ocean*-Restaurant Platz. Die Frau, die gestern nicht zum Abendessen erschienen war, saß heute munter am Tisch und erzählte den Tischnachbarn, wie seekrank sie gestern gewesen war. Die Seekrankheit war das beherrschende Thema. Alle freuten sich auf den Landgang in Barcelona am nächsten Tag. Nur der Herr, der sich noch nicht vorgestellt hatte, saß weiterhin griesgrämig und schweigend am Tisch.

*Zweiter Tag auf See.* Beim Abendessen fehlte wieder die Frau, die die Seekrankheit zu ihrem

Thema gemacht hatte und von der niemand den Namen wusste. Es interessierte auch keinen, warum sie nicht am Abendessen teilnahm.

*Dritter Tag auf See.* Selma hatte einen Schnupperkurs für Minigolf belegt und danach ging sie zu einem windgeschützten Platz auf dem weitläufigen Deck. Sie stellte die Lehne ihres Liegestuhls auf eine bequeme Höhe ein, zog ihren Schal enger um den Hals, warf einen Blick auf das Meer und setzte schließlich ihre Brille auf, um mit einem Buch den Nachmittag zu genießen. Mehrfach kam ein höflicher Steward mit Drinks vorbei, die sie dankbar annahm.

Die Gespräche beim Abendessen bestritt überwiegend Frau Fröhlich. Mit bitterer Miene schaute sie schließlich den Herrn an, von dem bis jetzt niemand den Namen wusste. Sie bat ihn seinen Namen zu verraten und zu erklären, warum er immer so böse schaute und offensichtlich keinen Spaß an der Schiffsreise finden konnte. Sein Blick verfinsterte sich noch mehr und er sprach wie ein Lehrer vor der Schulklasse: »Ich heiße Markgraf und war noch nie auf einer Kreuzfahrt. Hätte ich diese von meiner Versicherung nicht als Geschenk erhalten, säße ich auch nicht hier. Das Meer ist für mich gleichbedeutend mit Grauen und Tod.«

Alle schwiegen. Frau Engelheim unterbrach schließlich das Schweigen mit einem tiefen Seufzer und antwortete: »Herr Markgraf, vielleicht haben Sie gar nicht so Unrecht, denn ich denke immer noch an den im Meer verschwundenen Teilnehmer einer Castingshow.«

*Vierter Tag.* Selma entnahm dem Programm, dass heute ein Künstler seine Bilder ausstellen sollte. Sie fand einen sympathischen Mann vor, der aber nur Poster von seinen Bildern verkaufte und diese signierte. Da die Poster erschwinglich waren, kaufte ihm Selma eines ab. Beim Abendessen fehlte die Frau ohne Namen und ebenso Frau Fröhlich. Aber keiner der Tischrunde erkundigt sich nach den beiden Frauen.

*Fünfter Tag.* Frau Theis-Schnabel hielt sich ständig für seekrank, obwohl das Meer ruhig war. Selma litt an diesem Tag unter Kopfschmerzen und vernahm lediglich einzelne Gesprächsfetzen im allgemeinen Stimmengewirr. Deshalb empfand sie auch keine Lust, sich an der Diskussion über Seekrankheit zu beteiligen.

*Sechster Tag.* Selma, die an der Reling entlang ging, traf auf Herrn Markgraf, der gutgelaunt den fantastischen, feuerroten, funkelnden Sonnenuntergang betrachtete. Selma hingegen schaute auf den Aufdruck seines T-Shirts und musste herzhaft lachen.

»Wie soll ich die Aufschrift: *Don't look back never come back*, verstehen? Er antwortete resigniert, dass er morgen beim Landgang seinen Urlaub in Italien fortsetzen wolle und nicht mehr auf das

Schiff zurückkehren werde. Irgendetwas sei an dieser Reise seltsam. Irritiert und nachdenklich ging Selma zusammen mit Herrn Markgraf zum Abendessen.

Da am Tisch keiner mehr über Seekrankheit sprechen wollte, fiel auch keinem auf, dass Herr Petermann fehlte. Frau Engelheimer teilte den verbliebenen Tischnachbarn theatralisch mit, dass sie es an diesem Abend eilig habe, denn es werde eine Literatur-Lesung im *Roten-Western-Saloon* stattfinden und da sie schwerhörig sei, wolle sie einen der vorderen Plätze ergattern. Sie ließ ihre Vorderzähne blitzen, wandte sich Herrn Markgraf zu und fragte ihn, ob er sie begleiten wolle. Er winkte ab, er würde lieber später an einem Bierverkostungsabend in der *Soho-Bar* teilnehmen. Selma blickte Frau Engelheimer begeistert an, wurde aber von ihr nicht aufgefordert sie zu dem Lese-Abend zu begleiten. Beleidigt beschloss Selma daraufhin ins Bord-Kino zu gehen und sich hier einen *Woody-Allen*-Film anzuschauen.

*Siebter Tag.* Das herrliche Wetter, das sich am vorherigen Tag mit dem Sonnenuntergang ange-kündigt hatte, war inzwischen in einen wolken-verhangenen Himmel umgeschlagen. Weil Herr Markgraf, wie Selma bereits wusste, das Schiff verlassen wollte, versuchte Selma ihn nochmals zu treffen, um sich von ihm zu verabschieden. Da die Landungsbrücke bereits heruntergelassen worden war, nahm sie an, dass er bereits an Land gegangen sein musste. Plötzlich sah sie eine Traube von Menschen an der Reling stehen. Neugierig ging sie auf die dort herumstehenden Passagiere zu, die aufgebracht redeten. Schließlich konnte sie heraushören, dass ein Mann über Bord gegangen sei. Kreideweiß im Gesicht versuchte Selma vergeblich einen ihrer Tischnachbarn zu finden.

Am Abend saßen Selma und Herr Neubauer alleine am Tisch. Selma hielt es für unwahrscheinlich, dass alle Tischnachbarn seekrank sein sollten. Da erschien mit professioneller Fröhlichkeit Frau Engelheimer in einem schicken, farbenfrohen Kleid. Selma erzählte ihr bestürzt von dem Passagier, der ins Wasser gefallen war. Angeblich sollte es Herr Markgraf sein. Ihr mangelndes Interesse am Thema konnte man Frau Engelheimer ansehen, da sie Herrn Markgraf sowieso nicht hatte leiden können. Lauthals und überschwänglich verkündete Frau Engelheimer, sie sei später mit einem Passagier in dem *Capitol-Restaurant* verabredet und das sei ihr wichtiger als Herr Markgraf.

Selma musste ununterbrochen an den Vorfall denken und aß verstört ihren Salat. Herr Neubauer schob seinen halbvollen Teller weg und sprach zu den Anwesenden ein paar tröstende Worte. Ihm sei aufgefallen, dass alle Gäste am Tisch die Reise von der *Bergdaun*-Versicherung geschenkt bekommen hatten. Es war unheimlich, dass alle seekrank sein sollten und jetzt auch noch ein Passagier über Bord gegangen sei.

Der Gedanke, dass einige Tischnachbarn nicht mehr am Abendessen teilnahmen, ließ Selma verunsichert am späten Abend zur Reling gehen. War es möglich Passagiere ins Meer zu stoßen? Wegen des kalten und stürmischen Seewetters und weil im großen Casinosaal ein Konzert mit dem berühmten Schlagersänger *Nick Camden* stattfand, spazierten an Deck keine Passagiere. Am Ende der Reling beobachtete sie Herrn Neubauer, wie er sich mit einem kräftigen Mann unterhielt. Sie wollte nicht stören, machte kehrt und ging zurück. Nach wenigen Minuten hörte sie einen unterdrückten Schrei und ein dumpfes Geräusch. Sie drehte sich um, konnte aber weder Herrn Neubauer, noch den anderen Mann entdecken.

Selma ging rasch in ihre Kabine zurück. Aufgeregt sah sie sich nochmals die Reiseunterlagen an und entnahm ihnen, dass die Lebensversicherung bestätigt hatte, ihr nächstes Jahr eine beträchtliche Summe auszuzahlen. Angst überkam sie, ob mit dieser Schiffsreise tatsächlich alles mit rechten Dingen zugehe. Da am nächsten Tag in Neapel Landgang war, beschloss sie, das Schiff endgültig zu verlassen. Aufgewühlt eilte sie in ein Dutyfree-Geschäft und kaufte eine leichte Reisetasche. Den Koffer wollte sie in der Kabine zurücklassen.

Im Hafen von Neapel angekommen verließ sie zitternd vor Nervosität das Hafengelände. Draußen standen einige Taxen. Nahezu flüchtend lief sie durch die stinkende Hafenluft auf ein Taxi zu und ließ sich zum Bahnhof fahren. Dem Fahrplan entnahm sie, dass es im Laufe des Tages eine Zugverbindung nach Deutschland gebe.

Zu Hause angekommen ging Selma die verschwundenen Passagiere nicht mehr aus dem Kopf. Irgendetwas war hier nicht in Ordnung. Sie rief die *Bergdaun*-Versicherung an, um eventuell die Adresse von Herrn Neubauer zu erhalten. Man teilte ihr mit, dass ein Herr Neubauer unbekannt sei, dieselbe Auskunft gab es zu Frau Fröhlich. Selma erinnerte sich, dass ihr Herr Petermann auf dem Schiff erzählt hatte, er sei Witwer und wohne in Heidelberg und dass er sich freuen würde, wenn sie ihn einmal besuchen käme und er ihr Heidelberg zeigen dürfe. Sie kramte aus ihrer Handtasche die Visitenkarte heraus, die ihr Petermann bei einem Abendessen gegeben hatte.

Mehrmals wählte Selma die Telefonnummer Herrn Petermanns, aber niemand nahm ab. Sie wurde misstrauisch und fuhr nach Heidelberg. Die Wohnung von Herrn Petermann lag im zweiten Stock eines vierstöckigen Hauses. Sie drückte mehrmals auf die Klingel. Keiner öffnete. Schließlich klingelt sie an der Nachbartür. Eine ältere Frau öffnete. Selma stellte sich höflich als eine Bekannte Herrn Petermanns vor. Die Nachbarin erzählte ihr daraufhin, sie habe von dem Hausmeister gehört, dass Herr Petermann während einer Kreuzfahrt von Bord verschwunden sei.

Selma kaufte sich in einer Buchhandlung einen Fremdenführer und schaute sich Heidelberg an. In einem gemütlichen Café trank sie einen Kaffee und dachte mit Schaudern an die von der Kreuzfahrt verschwundenen Mitreisenden und war glücklich, dass sie damals den Entschluss gefasst hatte bei dem Landgang in Neapel zu flüchten.

# Forever

Wie jeden Morgen um halb sieben klingelte das Handy. Iris stand zuerst auf, duschte sich und ging in die Küche, um das Frühstück vorzubereiten. Danach erst stand Heinz auf. Als sie sich den heißen Kaffee in eine Tasse goss, hörte sie ihn bereits duschen. Iris und Heinz sprachen morgens kaum ein Wort miteinander. Beim Blick auf ihre Uhr trank sie rasch ihren Kaffee aus, ging zur Garderobe, zog ihren Mantel an und eilte zur U-Bahn. Sie arbeitete in einem Verlag. Heinz war bei einer Bank angestellt und konnte immer gemütlich frühstücken und als morgendliches Ritual die Tageszeitung lesen. Sie lebten in einer freundschaftlichen Vertrautheit zusammen, denn die Leidenschaft war ihnen irgendwann abhanden gekommen.

Iris hatte einen bedeutend älteren Mann geheiratet. Er war Einzelgänger gewesen, ein typischer Junggeselle. Früher hatte er gelegentlich gleichaltrige Frauen zum Essen eingeladen. Die Gespräche mit ihnen drehten sich meist um die geschiedenen, manchmal noch verheirateten Ehemänner und um die pubertierenden Kinder. Wie er gelegentlich aus den Gesprächen der Frauen entnahm, bezeichneten die Kinder ihn als einen Geldautomaten. Iris, die halb so alt wie Heinz war, bevorzugte früher jüngere Männer, mit denen sie gerne in Rockkonzerte gegangen war.

Nach der letzten unglücklichen Liebesbeziehung beschloss sie, nie wieder mit einem jüngeren Mann eine Beziehung einzugehen.

Heinz hatte wenige Freunde, traf sich aber hin und wieder mit ihnen. Mit seinen zwei jüngeren Brüdern und dessen Ehefrauen dagegen traf er sich einmal im Monat. Iris graute es immer vor diesen Abenden, denn die Ehepaare waren spießig und langweilig. Diese Gespräche drehten sich meist nur um die Kinder, für die sich Iris nicht im Geringsten interessierte. Dann kam immer dieselbe Frage: Wann kriegt ihr denn Kinder? Für Heinz bedeuteten diese Abende Abwechslung, für Iris eine Qual. Sportlichen Aktivitäten ging Heinz nicht nach. Auch las er keine Bücher. Rockkonzerte mochte er gar nicht. An manchen Abenden nahm er wieder die morgendliche Zeitung und löste das Kreuzworträtsel. Am Samstag und Sonntag schaute er regelmäßig im Fernsehen die Sportschau. Iris dachte, dass Heinz die Angewohnheit eines alten Mannes habe. Sie empfand ihre Ehe als trist und träumte manchmal davon, ihre langen Haare im Wind fliegen zu lassen und davon zu schweben.

Gelegentlich besuchte Heinz seine Mutter. Iris ging dann oft allein ins Kino und schaute die Filme, die Heinz nicht gefielen. An einem Samstag war er wieder zu seiner Mutter gefahren. Iris rief ihre Freundin Doris an und fragte sie, ob sie Lust habe mit ihr ins Kino zu gehen. Doris wollte lieber auf den Wochenmarkt gehen, um an einem der Weinstände ihre Freunde zu treffen. Beim Blick aus dem geöffneten Fenster sah Iris, wie die Sonne zwischen den Wolken hervorschaute. Sie spürte die Windstille. Daraufhin beschloss Iris, sich mit Doris zu verabreden.

Dicht gedrängt standen am Weinstand Bekannte und Freunde von Doris und Iris lernte einige kennen. Ein lässiger, junger Mann mit blonden windzerzausten Locken und einer Bräune, die offensichtlich nicht von der Sonnenbank stammte, erzählte ihr, dass er gerade von einer Motorradtour aus Spanien zurückgekehrt sei. Er stellte sich als Ronnie vor. Iris war von dem humorvollen Mann mit den kaputten, alten Jeans sofort angetan.

Nachdem die Clique genug Wein auf dem Markt getrunken hatte, zog sie weiter in die *Butze*, wie die Kneipe nahe dem Wochenmarkt von allen genannt wurde. Hier standen die Gäste eng beisammen und mussten sich gegen die laute Schlagermusik bei der Wirtin Gehör verschaffen und ihre Getränke bestellen. Nachdem Iris und Ronnie mehrere Glas Apfelwein getrunken hatten, streichelte Ronnie Iris sanft über den Arm und schaute ihr tief in die Augen. Auf seinen Lippen erschien ein gewinnendes und sympathisches Lächeln, von dem Iris hingerissen war. Nach einigen weiteren Gläsern schlug Ronnie vor, ihr sein Tattoo-Studio, das einige Straßen entfernt lag, zu zeigen. Begeistert willigte Iris ein.

Erstaunt schaute sich Iris dort um. Sie war vorher noch nie in einem dieser Studios gewesen. Sie ließ ihre Finger über die Wände mit schwarzer Tapete, die mit Goldornamenten verziert war, gleiten und schaute in die großen Spiegel mit dem mächtigen Goldrahmen. Die großen Poster, erklärte ihr Ronnie, seien von *Ed Hardy,* einem kalifornischen Tätowierer. Ronnie und Iris tranken einige Gin Tonic bevor sie sich engumschlungen auf die schwarze Couch im hinteren Zimmer fallen ließen. Ronnie küsste sie und knabberte zärtlich an ihren Lippen. Die Spannung fiel von ihr ab. Seine Hände glitten unter ihren Pullover, auf die Schenkel und dazwischen. Dann spürte sie, dass er in ihr war. Diese Lust hatte sie seit Jahren nicht mehr erlebt.

Als Iris nach Hause kam, saß ihr fader, alter Ehemann auf dem Sofa und schaute einen Fernsehfilm. Iris war mit Angst erfüllt und setzte sich in einen der bequemen Sessel, legte die Hände an ihre glühenden Wagen und war entschlossen, ihrem Ehemann von dem »Ausrutscher« zu erzählen. Er aber wollte nicht gestört werden und stellte ihr auch keine Fragen. Iris stand erleichtert auf, wünschte ihm eine gute Nacht, wandte sich ab und verschwand aus dem Wohnzimmer.

Zwischen bedrückender Schuld und federleichtem Glück verbrachte sie die nächsten Tage. Gelegentlich ging sie nach Feierabend zu Ronnie ins Studio. Er musste oft bis spät abends tätowieren und hatte deshalb keine Zeit um sich mit Iris zu beschäftigen.

Nach der immer mittwochs stattfindenden Yogastunde ging Iris jetzt nicht mehr mit den Frauen zusammen aus um Wein zu trinken und zu plaudern. Stattdessen steuerte sie direkt auf Ronnies Tattoo-Studio zu. Eines Abends nach einer innigen Umarmung gestand sie ihm, dass sie ihn liebe und sich ihrer Gefühle sicher sei. Ronnie flüsterte ihr daraufhin ins Ohr, dass er sie auch liebe. Iris beschloss sich von Heinz zu trennen. Sie versprach Ronnie in den kommenden Tagen mit Heinz zu sprechen. Ronnie erwähnte spaßeshalber, es gäbe zwei Möglichkeiten: Heinz umzubringen oder sich von ihm zu scheiden zu lassen. Iris entgegnete ihm, dass sie nicht in die Hölle kommen wolle. Sie entschied sich für die zweite Version.

Heinz bemerkte in letzter Zeit eine Veränderung bei Iris. Abends kam sie oft erst nach ihm nach Hause. Eines Abends, als Iris wieder spät kam, saß Heinz auf der Couch und war in das Kreuzworträtsel der Tageszeitung vertieft. Auf dem Wohnzimmertisch standen eine Flasche Wein und zwei Gläser. Iris bemerkte auch zwei brennende Kerzen. Nach einer kurzen Begrüßung bat er Iris bestimmt, auf einem der Sessel Platz zu nehmen. Er schob seine Brille zurecht. Mit ernsthaftem Gesichtsausdruck und mit Grabesstimme wollte Heinz wissen, was in letzter Zeit mit ihr los sei. Ihr Kopf wurde heiß, ihre Hände feucht, ihr Herz schlug heftig und sie schaute durch ihn hindurch. Mit tränenerstickter Stimme gestand sie ihm schließlich, dass sie sich in einen anderen Mann verliebt hatte. Er schaute sie überrascht und ungläubig an, dann nahm er nervös einen großen Schluck aus dem Weinglas. Alles hatte er erwartet, nur das nicht. Nicht von seiner eher biederen Ehefrau. Er stand von der Couch auf, ging mit erbitterter Miene zum Fenster und schaute in den hell leuchteten Sternenhimmel. Musste ihm das in seinem Alter noch passieren? Obwohl ihre Ehe doch so harmonisch war? Am liebsten hätte er laut gebrüllt, aber im Laufe seines Lebens hatte er genug Selbstbeherrschung entwickelt um zu schweigen. Iris spürte, das war nicht das Ende der Welt, aber das war das Ende ihrer Ehe.

Nach einigen Wochen zog Iris zu Ronnie und nach mehreren Monaten wurden sie und Heinz geschieden. Von Ronnies geschmackvollem Refugium war sie begeistert. Nur einige skurrile Möbelstücke wirkten auf sie ein wenig befremdlich. Vor den großen Gemälden saß sie oft schweigend und betrachtete sie lange. Glücklich waren beide über ihre Gemeinsamkeiten: Schach spielen, Kinofilme schauen, Sport treiben. Außerdem gingen sie regelmäßig in Rockkonzerte. Am Wochenende fuhren sie gerne längere Strecken mit dem Motorrad. Iris liebte diese Freiheit. Außerdem hatte sie ein Faible für Tattoos entdeckt. Ronnie tätowierte Iris zuerst das Wort *FOREVER* auf ihre Haut, dann Woche für Woche tätowierte er auf ihren Körper Drachen, Blumen, Schmetterlinge, Totenköpfe, Schlangen, Kreuze, Gorillas, verschiedene Fabelwesen und sein Konterfei. Die Hände und den Hals tätowierte er nicht. Iris war ganz begeistert, dass ihr Körper jetzt zum Kunstwerk geworden war und Ronnie der Künstler war.

Die Jahre vergingen und Iris und Ronnie hatten keinen Tag ihrer Partnerschaft bereut.

Es war ein heißer Sommertag. Ronnie wollte an einem Biker-Treffen in Süddeutschland teilnehmen. Iris klagte am Morgen über Kopfschmerzen. Sie beschlossen, dass Ronnie alleine zu dem Treffen fahren sollte. Iris wollte den Nachmittag im Schatten der Terrasse verbringen. Nach einigen Stunden rief Ronnie sie an und teilte ihr mit, dass er gut angekommen sei und hier viele Freunde treffe.

Es war bereits spät am Abend und Iris wartete sehnsüchtig auf Ronnies Rückkehr. Angerufen hatte er auch nicht mehr. Iris wurde nervös, da sie wusste, dass Ronnie eigentlich sehr zuverlässig war. Sein Mobiltelefon blieb ausgeschaltet. Es war bereits weit nach Mitternacht. Iris konnte weder einen klaren Gedanken fassen noch einschlafen. Plötzlich klingelte es an der Haustür. Mit ungutem Gefühl öffnet sie. Zwei Polizisten standen vor ihr und wollten wissen, ob sie Frau Sanders sei. Iris rang nach Luft und stellte sich als die Lebensgefährtin vor. Mit ernstem Gesicht teilten sie ihr mit, dass Herr Sanders mit seinem Motorrad gegen einen Brückenpfeiler gerast und auf der Stelle tot gewesen sei. Ein dumpfes Hämmern zog durch ihren Kopf, ihr Gesicht fing an zu glühen, bevor sie laut schrie. Die Beamten trösteten sie eine Weile, bevor sie sich verabschiedeten.

Nachdem alle Formalitäten, verbunden mit Ronnies Ableben und dem Verkauf des Tattoo-Studios durch seine Verwandten, erledigt waren, versuchte Iris mit dem neuen, einsamen Leben zurechtzukommen. Ronnie hatte sie zu Lebzeiten bereits in den Mietvertrag mit aufgenommen. Überall war Ronnie. Sie betrachtete immer die Tattoos auf ihrem Körper. Ihre Finger glitten oft liebevoll über das Wort *FOREVER*. Sie vermisste ihn sehr.

Doris kümmerte sich fürsorglich um Iris und

bat sie häufig, mal wieder mit zum Wochenmarkt zu kommen. Doch die Trauer war zu groß, um vielen Menschen zu begegnen. Sie besuchte gelegentlich am Wochenende ihre Eltern. Heinz, der ihr schriftlich kondolierte, hatte wahrscheinlich die Todesanzeige der Tageszeitung entnommen. Eine frühere Nachbarin erzählte ihr eines Tages, dass Heinz wiederverheiratet sei. Iris ging ihrer täglichen Arbeit im Verlag nach und blieb abends lieber alleine zu Hause. Selbst der erfreuliche Anblick ihrer üppig blühenden Pflanzen auf der Terrasse machte sie mehr als traurig.

Im Verlag lernte Iris einen neuen Kollegen kennen. Bodo war gerade geschieden und seine Abende verbrachte er auch einsam. Mehrfach lud Bodo Iris zu einem Drink ein. Sie verstanden sich von Woche zu Woche besser. Iris erzählte ihm, dass sie mehrere Jahre mit einem Mann zusammengelebt hatte, der ein Tattoo-Studio besessen hatte.

Eines Tages blitze aus ihrem Blusenärmel ein Tattoo hervor. Bis jetzt hatte sie es vermieden, ihre Tattoos zu zeigen. Bodo wurde neugierig und wollte wissen, ob sie noch andere habe. Er machte deutlich, dass er Tattoos hasse. Seit diesem Tag stellte Iris die Treffen mit Bodo ein. Wie sollte er verstehen, dass ihr ganzer Körper mit Tattoos bedeckt war. Sie ging Bodo in der folgenden Zeit aus dem Weg und nahm seine Anrufe nicht mehr entgegen. Nach einiger Zeit gab sie ihm zu verstehen, dass sie sich um ihre alten Eltern kümmern müsse und daher keine Zeit mehr habe.

Um ihrer Einsamkeit zu entfliehen, ging Iris wieder zum Weinstand auf den Markt. Aber ihre Fröhlichkeit war noch nicht zurückgekehrt und das Stimmengewirr schwer zu ertragen.

Ein sympathisch aussehender Mann, der sich als David vorstellte, sprach sie eines Tages an. Er brachte sie durch seine humorvolle Art zum Lachen. Sie trafen sich jetzt öfter und verbrachten angenehme Stunden im Gespräch. Nach vielen Gläsern Wein beschlossen sie eines Tages in Iris Wohnung zu gehen. Ihr war seltsam zumute, so als würde sie Ronnie betrügen. Dort angekommen entschuldigte sie sich schweigend bei Ronnie. Nach einigen hochprozentigen Drinks entkleidete David Iris mit geübter Routine. Schockiert schaute er auf ihren Körper. Das hatte er nicht erwartet. David gab ihr zu verstehen, dass er tätowierte Menschen nicht leiden konnte, denn diese ursprünglichen Seemannsgepflogenheiten empfand er als ordinär. Wortlos verließ er die Wohnung. Iris brach in Tränen aus und streichelte liebevoll das Wort *FOREVER*.

# Der Biograf

Die Sonne schien durch das Fenster und ließ den Raum hell erstrahlen. Ein schöner Tag kündigte sich an. Sven saß vor seinem PC und schaute aus dem Fenster und auf die wenigen Sätze, die auf dem Bildschirm leuchteten. In einer Hand hielt er die Kaffeetasse, in der anderen die ausgedruckten Texte. Da er am gleichen Tag wie Jack London Geburtstag hatte, war Jack London sein schriftstellerisches Vorbild. Das Maß von tausend Wörtern, die Jack London angeblich täglich geschrieben haben sollte, konnte Sven auch nach vielen Anstrengungen nicht erreichen. Fünfzig Bücher schreiben – sein Traum! Bisher hatte er gerade einmal zwei Bücher geschrieben, aber auch nur deshalb, weil ihn sein Vater, Eigentümer eines Verlages, bislang zum Schreiben stets ermutigt hatte.

Damit er immer in einem Buch von Jack London lesen konnte, lagen sie verstreut auf seinem Schreibtisch, vor und in seinem Bett, im Badezimmer und in der Küche. Das Studium der Betriebswirtschaft war für Sven nur insofern interessant, weil sein Vater ihn dabei finanziell unterstützte.

Bevor er an seinen Texten weiterschreiben wollte, suchte er für die kommenden Sommerferien im Internet einen preiswerten Flug und ein Hotel. Eine E-Mail seines Vaters kündigte sich per Zeichen auf dem PC an. Mit einem Blick auf die Uhr konnte er sich nur vorstellen, dass es sich um Arbeit handeln musste. Nachdem er seinen Kaffee getrunken hatte, öffnete er die E-Mail. In dieser unterbreitete ihm sein Vater für die kommenden Semesterferien einen Vorschlag, der irgendwo zwischen Arbeit und Urlaub lag.

Svens Opa hatte einen Jugendfreund, einen Mann namens Barry David, der an der Côte d'Azur wohnte. Dieser Barry David wollte nun eine Biografie schreiben lassen, und Svens Vater hatte ihn, Sven, als Biografen vorgeschlagen. Sven überlegte, ob das jetzt wie eine Bitte klang oder eher nach einem Befehl. Nach wiederholtem Überlegen kam er zu dem Entschluss, dass er seine geringe Schreiberfahrung mit dem Auftrag verbessern und es eventuell der perfekte Urlaub werden könnte.

Seinem Vater beschloss er erst zu antworten, nachdem er im Internet nachgeschaut hatte, wer Barry David eigentlich war. Hier erfuhr er, dass es sich um einen achtzig Jahre alten amerikanischen Schauspieler handelte, der früher in unzähligen Western-Filmen mitgespielt hatte. Nach einem Sturz hatte er aus gesundheitlichen Gründen die

Schauspielerei aufgeben müssen. In vierter Ehe war er mit einer mexikanischen Schönheitskönigin verheiratet. Die Fans, die sich noch an ihn erinnerten, wären aber sicherlich nicht schockiert, wenn sie von seinem Tode erfahren würden, sinnierte Sven.

Das konnten perfekte Ferien werden, freute sich Sven. Ein wenig schreiben, viel Sonne tanken, schwimmen, Vollverpflegung und die Côte d'Azur genießen. Damit hatte sich die Suche im Internet nach preiswerten Sommerferien erledigt. Erfreut sagte er seinem Vater zu.

Svens Opa, der gehbehindert und wohlhabend war, verfügte nur über ein altes analoges Telefon. Sven rief seinen Opa an, um weitere Einzelheiten über dessen Jugendfreund zu erfahren. Auf den Anruf seines Enkels hatte der schwerhörige Opa bereits gewartet und sich entsprechend vorbereitet.

Der Opa erzählte Sven munter und lautstark viele Details aus dem Leben seines Freundes. Barry David war sein Schulfreund und hieß mit richtigem Namen Josef Adolf Froschleitner. Zwischen Abitur und dem Studium hatten die beiden beschlossen nach Amerika zu reisen, um sich in Los Angeles in der Filmbranche umzuschauen. Gelegentlich arbeiteten sie als Statisten in den Filmstudios von Hollywood. Josef, der schlank, gutaussehend, sportlich war, sehr gut reiten konnte und ein perfektes Englisch sprach, fiel den Regisseuren bald auf. Schließlich bekam er kleinere Sprechrollen und Jo, wie alle ihn nannten, war über die Jobs glücklich. Opa empfand dieses Hollywood nach einiger Zeit als zu oberflächlich und flog nach Deutschland zurück. Jo dagegen bekam von der Filmgesellschaft eine neue Nase und den Namen Barry David. Er wurde ein erfolgreicher Schauspieler. Wie Opa ihm am Ende des Telefonats noch mitteilte, waren sie bis heute Freunde geblieben und korrespondierten.

Um sich auf die Barry-David-Biografie zu konzentrieren, stellte Sven weitere Schreibversuche ein.

Endlich Semesterferien. Sven ließ sein Auto reparieren, packte seinen Rucksack voll mit Sommersachen und steckte einige Jack-London-Bücher ein. Auf dem Routenplaner des Handys sah er, dass er auf der Landstraße parallel zur Autobahn ohne Gebühren durch Frankreich fahren konnte.

Die Landschaft begeisterte ihn. Ein Straßenschild zeigte ihm an, dass er sich kurz vor der französischen Stadt Dole befand. Plötzlich ein Knall. Er hielt am Straßenrand an, stieg aus dem Auto und sah, dass einer der Reifen geplatzt war.

Fluchend fuhr er langsam und vorsichtig in einen Seitenweg, ließ das Auto stehen und ging in Richtung Dole. Die Straße führte ihn durch ein Industriegebiet, an dessen Ende sich ein Hotel befand, in welchem er ein Zimmer nahm. Der Hotelinhaber nannte ihm auch eine Autowerkstatt in der Nähe. Einen entsprechenden Reifen hatten sie allerdings nicht auf Lager, er musste erst bestellt werden. Ein Monteur schleppte sein Auto in die Werkstatt ab. In dieser trostlosen Gegend seinen Urlaub beginnen zu müssen stimmte Sven missmutig. Zuerst teilte er Barry David telefonisch sein Missgeschick mit. Barry antwortete nur: Don't worry, be happy! Sven fühlte sich leider im Moment nicht gerade happy.

Hungrig suchte er ein Restaurant. Nach einem längeren Fußmarsch fand er eines im Einkaufszentrum. Leider war es während des Mittags geschlossen. Noch hungriger beschloss er, zum Hotel zurückzukehren. Vielleicht würde er dort eine warme Mahlzeit bekommen. Einen runden Gebäudekomplex, der einem Restaurant ähnelte, entdeckte er auf seinem Rückweg. Hoffnungsvoll ging er hinein. Eine ältere Dame erklärte ihm, dass der Eintritt zehn Euro betrage. Verwundert schaute er in einen großen Saal, in dem ältere Menschen zu gedämpfter Musik tanzten. Sein Magen knurrte, wieder nichts zu essen! Sven ging weiter in Richtung Hotel.

Am Morgen des dritten Tages hatte die Autowerkstatt den Reifen aufgezogen. Die Bezahlung des Hotels und des Reifens schmälerten Svens Ur-

laubskasse erheblich. Auf der Straße zur Autobahn schaute er nochmals in den Rückspiegel und
verabschiedete sich von Dole mit ausgesprochen
schlechter Laune.

Erschöpft erreichte Sven nach einer langen Au-
tofahrt Sainte-Maxime. Er bog in die Uferstraße
ein und die großen, bunten Buchstaben *Casino*
leuchteten ihm entgegen. Von der Spielbank, die
einer erhabenen Burg glich, fühlte er sich angezogen. »Don't worry, be happy!«, kam ihm in den
Sinn, und er parkte auf dem ausgewiesenen Parkplatz. Die Müdigkeit fiel augenblicklich von ihm
ab und er ging gut gelaunt in die Spielbank. Eine
anhaltende Glückssträhne machte ihn dann übermütig. Den amerikanischen Schauspieler-Greis
beschloss er deshalb erst am nächsten Tag zu treffen. In einem der Restaurants an der viel befahrenen Uferpromenade gönnte er sich ein ausgiebi-
ges Menü. Nachdem er ein Hotelzimmer für eine
Nacht gefunden hatte, feierte er in einer Diskothek.

Am nächsten Tag, gleich nach dem Frühstück,
fuhr er lustlos in das amerikanische Altenheim.
Der Routenplaner zeigte ihm an, dass Barry Davids Haus in einer Straße lag, die an dem Schlösschen Les Tourelles vorbeiführte. Es war eine kur-
venreiche Straße, an der sich eine Villa an die andere reihte. An dem höchsten Punkt des leicht
ansteigenden Berges stand er schließlich vor einer mit Bougainvilleas bewachsenen Mauer. Eine

breite Treppe führte ganz offensichtlich zu dem Haus Barry Davids.

Hinter fast anderthalb Meter hohen Dahlien mit riesigen, zitronengelben, rosa- und kupferfarbenen Köpfen schaute ein Mann mit einem tief ins Gesicht gezogenen Strohhut hervor. In der Hand hielt er eine große Gartenschere. Sven grüßte und fragte nach Barry David. Da der Mann offenbar kein Englisch verstand, deutete er mit Handbewegung, das Auto hier stehen zu lassen und die Treppen zum Haus hinauf zu gehen. Sven bedankte sich und ging nach oben. Auf einer Terrasse angekommen sah Sven einen älteren Mann mit einem jüngeren Mann zusammen Gymnastik machen. Der ältere winkte ihm zu und zeigte mit wohlwollendem Blick auf einen der Terrassensessel. Sven nahm Platz. Gleichzeitig rief der Mann laut »Yvette« und weitere Worte auf Französisch. Yvette, eine etwa vierzigjährige, vollschlanke Frau, kam aus dem Haus und fragte Sven in gebrochenem Englisch, was er zu trinken wünsche.

Als sein Getränk vor ihm stand, schaute Sven weiterhin den Verrenkungen Barrys zu. Nach einer Weile wendete er seinen Blick in die andere Richtung. Was er sah, ließ seinen Atem stocken. In der Ferne lag Saint-Tropez. Und die wunderbare, meersalzige Luft, die von der Küste aufstieg, fand er unbeschreiblich anregend. Die Idee seines Vaters an die Côte d' Azur zu fahren und eine Biografie zu schreiben, fand er jetzt großartig.

Nach einiger Zeit verabschiedete sich der junge Mann und Barry David kam auf einen Stock gestützt auf Sven zu. Er sah alt und gebrechlich aus, schien aber ein humorvoller, gebildeter Mann zu sein. Den Stock ließ er neben dem Sessel fallen und setzte sich zu Sven. Seine halblangen, schütteren Haare strich er zurück. Er entschuldigte sich für die Verzögerung damit, dass seine Physiotherapie für ihn lebenswichtig sei. Yvette servierte weitere Drinks, die Cocktails ähnelten. Barry nahm einen großen Schluck und dann bedankte er sich über das Glas hinweg für Svens Kommen. Wieder rief er nach Yvette und bat sie das Gepäck des Gastes ins Haus zu bringen. Sven war das unangenehm, denn er wollte sein Gepäck selbst holen. Yvette begleitete aber Sven zum Auto. Als sie dem Gärtner begegneten, deutete sie auf ihn und sagte: »That's my Husband Alberto«. Yvette zeigte Sven sein Zimmer in der ersten Etage und anschließend führte sie ihn durch das Haus. Yvette, eine Französin, sprach ein wenig Englisch und Spanisch. Anschließend teilte sie ihm mit, dass es um dreizehn Uhr Mittagessen gebe.

Yvette servierte Barry und Sven das Essen und setzte sich auch an den Tisch. Alberto kam nach einer Weile dazu. Sven fiel auf, dass Barrys Ehefrau am Mittagstisch nicht teilnahm. Er empfand es als unhöflich nach ihr zu fragen. Barry kam ihm zuvor und entschuldigte seine Frau Isabella, da sie heute nach Saint-Tropez gefahren sei, um auf dem wöchentlichen Markt einzukaufen.

Nach dem Mittagessen ging Barry mit Sven in das Arbeitszimmer, um ihm seine Vorbereitung für die Biografie zu zeigen. Viele Fotos, Zeitungsausschnitte und sonstige Unterlagen aus seinem Filmleben lagen ausgebreitet auf einem großen Tisch. Von der Gymnastik offensichtlich erschöpft verabschiedete sich Barry gähnend mit dem Wort »Siesta« und verschwand. Yvette räumte derweilen das Geschirr ab und verabschiedete sich dann ebenfalls zusammen mit Alberto.

Sven ging in sein Zimmer. Vom Balkon aus genoss er den fantastischen Ausblick. Autogeräusche drangen zu ihm hoch. Neugierig ging er auf die Terrasse hinunter und setzte sich in einen der Sessel. Zielstrebig, mit langsamem Gang kam die Hausherrin Isabella in einem weißen Hosenanzug, der ihre Figur umspielte, und einem Strohhut, den sie in der Hand trug, auf ihn zu und begrüßte ihn auf Spanisch. Als sie bemerkte, dass Sven kein Wort verstand, wechselte sie ins Englische. Da Isabella, wie Barry erwähnt hatte, auf dem Markt gewesen sein sollte, wollte er ihr helfen die Einkaufstaschen mit den Einkäufen ins Haus zu tragen. Sie entschwebte aber mit ihrer kleinen Louis-Vuitton-Handtasche und dem Strohhut ins Haus.

Sven ging in das Arbeitszimmer, klappte den PC auf und las seine Mails. Sein Vater hatte ihm schon mehrfach geschrieben und er antwortete wie eine einfache Urlaubskarte: *Bin gut angekommen. Das Wetter ist schön.* Er schaute nochmals auf die ausgebreiteten Unterlagen, ging aber dann wieder zurück auf die Terrasse.

Tief in seinen Gedanken versunken saß Sven in einem Sessel und bemerkte nicht, dass Isabella mit zwei Drinks vor ihm stand. Die Idee, über ihren Mann eine Biografie zu schreiben, fand sie großartig. Sogleich erzählte sie, dass sie einmal eine mexikanische Schönheitskönigin gewesen sei. In Hollywood hatte sie in mehreren Filmen mitgespielt und dort auch Barry kennengelernt. Sven schenkte ihr ein mattes Lächeln, doch seine Augen blieben ernst. Er hatte bereits über sie recherchiert, aber im Internet nichts Nennenswertes gefunden, nur die Tatsache, dass Barry und Isabella verheiratet waren.

Die ihm gegenübersitzende schlanke, große Frau mit olivfarbener Haut gefiel Sven. Ihr langes, dunkles Haar fiel dekorativ über das Kleid, das sie inzwischen angezogen hatte. Sie erzählte ihm aufgeregt und lebhaft einige Erlebnisse aus ihrem Leben. Sven hörte aufmerksam und mit wachem Interesse zu.

Die Tage vergingen mit Gesprächen über Barrys Arbeit als Westerndarsteller, das Leben in Hollywood, die vielen Filmkollegen und Barrys Ehen. Die täglichen Mittagessen mit Barry, Yvette, Alberto und manchmal auch mit Isabella, begannen Sven an zu langweilen.

Wie immer nach dem Essen begab sich Barry in sein Zimmer. Seine tägliche Siesta war ihm wichtig. Sven setzte sich mit einigen älteren Zeitungsausschnitten aus amerikanischen Illustrierten in einen der Terrassensessel und beschäftigte sich weiter mit dem Material. Dann lehnte er sich zurück und schaute gedankenverloren auf das Schwimmbecken. Davor erblickte er Isabella. Sie stand ganz ruhig da, sprang schließlich in das kühle Wasser und schwamm zum gegenüberliegenden Ende des Beckens, machte eine Kehrtwende und schwamm so unermüdlich hin und her.

Nach einer Weile tauchte Isabella aus dem Swimmingpool auf und näherte sich Sven mit feurigem Blick, nahm ihn an der Hand und zog ihn mit dem Wort »Siesta« in ihr Zimmer. Irritiert ließ er es zu. Sie schloss die Tür ab, zog ihren Badeanzug aus und legte sich auf das Bett. Sven stand unbeholfen da, denn hiermit hatte er nicht gerechnet. Isabella deutete ihm mit einer Handbewegung sich neben sie zu legen, und mit ihrer dunklen Stimme seufzte sie: »Please, come here«. Sven blieb wie angewurzelt vor dem Bett stehen, fühlte aber dann, dass er große Lust auf Isabella verspürte. Auch nach einer schweigsamen Pause bekam er keinen Ton heraus, seine Kehle war wie zugeschnürt. Isabella lag wie eine lüsterne Geliebte auf dem Bett und musterte ihn. Er legte sich schließlich bekleidet in Hose und Hemd unsicher neben sie. Isabella entkleidete ihn mit ein paar Handgriffen. Mit nervöser Erregung stotterte er auf Deutsch: »Ich habe nicht die Absicht, etwas kaputt zu machen«.

Isabella lachte und äffte das Wort »Kaaaapuu-uut« ein paar Mal nach. Doch dann durchströmte ihn eine ungeahnte Lust. Isabella rieb seine Genitalien und setzte sich rittlings auf ihn. Diesen Traum von einer wachen Geilheit, die er bis zu dieser Stunde nicht gekannt und niemals zuvor erlebt hatte, empfand er als perfekten Urlaubsauftakt.

Die folgenden Tage verbrachte Sven auf der Terrasse und wartete auf Isabella, in die er sich inzwischen verliebt hatte. Isabella schwamm nicht jeden Tag, und wenn sie schwamm, ging sie meistens allein in ihr Zimmer. Mindestens zwei Mal pro Woche fuhr sie zu irgendeinem Ort an der Côte d' Azur. Von Isabella erfuhr er, dass sie an diesem Tag mit dem Schiff nach Saint-Tropez fahren wolle. Sven beschloss ebenfalls nach Saint-Tropez zu fahren. Er nahm den Linienbus.

Um zum Hafen nach Saint-Tropez zu gelangen, musste er vom Busbahnhof durch einige ver-

kehrsreichen Straßen und vorbei an vielen Park-
plätzen laufen. Den Blick auf den Hafen konnte
Sven nicht genießen. Die vielen am belebten Hafen stehenden Touristen, die die hier ankernden
weißen Luxusschiffe bestaunten, verdarben die
ursprüngliche Hafenatmosphäre. Auch die gegenüberliegenden Touristen-Restaurants mit den
kleinen überdachten Vorplätzen wirkten auf ihn
nicht authentisch. Er lenkte deshalb seine Schritte
zum Markt. Hier schlenderte er über das von den
Jahren blankpolierte Kopfsteinpflaster durch die
engen Gassen. In jedem der schmal gebauten
Häuser und darunter liegenden Keller befand sich
eine Luxusboutique. So hatte er sich das berühmte
Dorf nicht vorgestellt.

Die Menschen auf dem Markt drängten dicht
an den Marktständen vorbei. Die hier angebote-
nen Waren entzückten die meisten weiblichen
Touristen. In einem am Markt liegenden Café
wollte Sven einen Espresso trinken und dem
Markttreiben weiter zusehen.

Abrupt stoppte Sven seinen Schritt und blieb
wie angewurzelt stehen, denn in einem Café erblickte er Isabella mit einem jüngeren, sonnenge-
bräunten Mann. Wie elektrisiert trat er ein paar
Schritte zurück und blieb dann regungslos stehen.
Er beobachtete, wie sie Zärtlichkeiten austausch-
ten, lachten und gelegentlich einen verstohlenen
Blick auf die flanierenden Menschen warfen.

Schnell wandte sich Sven um und mischte sich wieder in die Menge der Marktbesucher. Irgendwie empfand er die Situation als Verrat. Wehmütig dachte er an den Nachmittag mit Isabella. Sein Puls hämmerte und mit heißem Kopf eilte er enttäuscht zum Busbahnhof zurück.

In Sainte-Maxime wieder angekommen stieg er an der Bushaltestelle am Casino aus, denn es zog ihn magisch hinein. Er erinnerte sich an das Sprichwort: Glück im Spiel, Pech in der Liebe. Das Sprichwort verfehlte heute leider seine Wirkung. Enttäuscht ging er aus den stilvollen Räumen des mit dezentem Licht durchfluteten Casinos in den sonnigen Tag zurück. Auf der belebten Promenade trat er den Weg zu Barrys Haus an.

Sven traf Barry telefonierend auf der Terrasse an, sein Stock lag neben ihm. Yvette und Alberto schienen nicht mehr anwesend zu sein. Sven, der sich deprimiert fühlte, grüßte kurz und wollte in sein Zimmer gehen. Barry schien aber auf seine Gesellschaft zu warten und bat ihn sich zu ihm zu setzen. Langsam humpelte er in die Küche und kam wieder mit zwei eisgekühlten Drinks. Irgendwie schien er heute glücklich und entspannt zu sein. Er prostete Sven zu und wollte wissen, wie es ihm in Saint-Tropez gefallen habe. Die Wahrheit konnte und wollte Sven ihm nicht mitteilen, also schwieg er. Barry, der in Gesprächslaune schien, monologisierte über die vielen Partys, die er mit seiner ersten, zweiten und dritten Frau in Amerika gefeiert habe. Hier an der Côte d'Azur bevorzuge er zu Hause zu bleiben. Mit einem schrägen Blick auf Sven gab er ihm zu verstehen, dass sich Isabella die Woche öfter mit Freunden treffe, die ihm unbekannt seien. Nur gelegentlich gingen sie zusammen zum Dinner ins Schlösschen Les Tourelles.

Über seine Tätigkeit in der Filmbranche konnte Barry stundenlang reden. Die Bühnenbildner einer Westernstadt hatten einmal die Kulisse eines Salons instabil aufgebaut. Als Barry die Treppe zu einem Salon herunterschreiten sollte, brach nicht nur die Treppe, sondern die gesamte Kulisse auseinander. Wie er weiter erwähnte, schloss sich ein wochenlanger Krankenhausaufenthalt an, von dem er sich nicht mehr erholt hatte. Sven kannte die Geschichten bereits und hatte sie längst in das Manuskript der Biografie aufgenommen. Zwischendurch wollte Barry von Sven wissen, wie es seinem alten Schulfreund gehe. Sven empfand wenig Lust, über Opa zu reden. Eigentlich wartete er sehnsüchtig auf die Ankunft Isabellas.

Mit Einbruch der Dunkelheit erhellten in der Ferne die Lichter von Saint-Tropez den Horizont. Der Abend brachte kühle, feuchte Luft vom Mittelmeer mit sich. Da schlurften Schritte die Treppe hoch. Der Nachbar, Dr. Maurizio, ein amerikanischer Arzt im Ruhestand mit italienischen Wurzeln, schaute öfter nach Barry und erkundigte sich nach seinem Gesundheitszustand. Der Arztbesuch bestand aber immer darin, dass der Doktor kühle Drinks mixte und diese dann Barry als Medizin verabreichte.

Sie hörten das Geräusch eines einparkenden Autos und schnelle Schritte hallten die Treppe hoch. Isabella kam hoheitsvoll wie eine Königin auf die Terrasse. Ihr makelloses Gesicht machte aber einen erschöpften und müden Eindruck. Da Barry und Dr. Maurizio vom Alkohol schon berauscht waren, bemerkten sie nichts davon. Isabella küsste ihren Greis auf die noch verbliebenen Haare und begrüßte den Doktor mit den Worten: »Na, Doooktooorchen, wie viel Medizin haben Sie denn heute meinem Mann bereits verordnet«? Sie warf Sven einen tiefen Blick zu und streichelte ihm liebevoll über den Kopf. Zielstrebig überquerte sie dann die Terrasse, wünschte eine gute Nacht und verschwand im Haus.

Wie jeden Tag arbeitete sich Sven durch die Unterlagen und schrieb an der Biografie. Auch heute. Isabella schwamm ihre Runden. Sven hörte, wie Isabella Yvette mitteilte, dass sie heute am Mittagstisch nicht teilnehme, da sie nach Saint-Raphael fahre. Sofort verspürte Sven Lust, auch dort hinzufahren. Nicht dass er ihr nachspionieren wollte, aber eine gewisse Neugierde war doch vorhanden.

Der Busbahnhof von Saint-Raphael lag auf einer Anhöhe. Nachdem er durch einige kleinere Straßen gegangen war, konnte er in der Ferne das Meer leuchten sehen. In einer Geschäftsstraße betrachtete er die Auslagen der Geschäfte. Ein Herrenausstatter mit eleganten Hemden und Krawatten, ein Juwelier mit für ihn unbezahlbaren Schmuckstücken, eine Parfümerie mit Produkten der Côte d'Azur. Er bog in die Uferpromenade ein, an welcher sich ein Restaurant an das andere reihte. Eine Galerie, die zwischen den Restaurants lag, zog ihn an und er blieb einige Minuten stehen, um die ausgestellten Kunstwerke anzusehen. Als er sich zum Gehen umwandte, blieb er erschrocken stehen und ließ den Augenblick und das merkwürdige Gefühl eine ganze Weile auf sich wirken. In dem daneben liegenden Restaurant entdeckte er Isabella mit dem Mann aus Saint-Tropez. Ein Unbehagen überkam ihn, schnell wandte er sich um und ging in die Galerie hinein. Der Galerist, ein missmutiger älterer Herr, musterte den jungen Besucher, kam schließlich lächelnd auf ihn zu und erzählte ihm allerlei über den Künstler. Sven hörte nur mit halbem Ohr zu. Er bedankte sich herzlich, ging aus der Galerie, blieb eine Weile zwischen anderen Menschen stehen und blickte in die Richtung des Restaurants. Isabella hatte dieses aber zwischenzeitlich verlassen.

Am nächsten Tag ließ ihn die gewittrige Schwüle keinen klaren Gedanken fassen. Er ging in sein Zimmer, aber auch hier war die Luft erdrückend. Die Mittagshitze ließ ihn nicht einschlafen. Mit einem Buch Jack Londons setzte er sich auf den schattigen Balkon. Von der Straße hörte er das Geräusch eines Autos. Dann flirrende, erdrückende Stille. Plötzlich ein Geräusch, das er nicht einordnen konnte. Ein unterdrücktes Quicken kam aus dem Haus. Neugierde packte ihn. Sven schlich die Treppen hinunter, um die Ursache des Geräusches aufzuspüren. Auf Zehenspitzen ging er geräuschlos um das Haus herum und blieb regungslos vor der einen Spaltbreit geöffneten Balkontür von Barrys Zimmer stehen, aus dem offensichtlich das Geräusch kam. Die Vorhänge waren ein wenig geöffnet. In dem schummerigen Licht konnte er erkennen, wie sich Yvettes fetter Hintern auf dem im Bett liegenden Barry auf und ab bewegte. Es roch nach abgestandenem Schweiß. Amüsiert schaute er eine Weile zu. Er wusste nicht, ob er bei diesem grotesken Anblick lachen oder Mitleid haben sollte. Mit vorsichtigen Bewegungen entfernte er sich wieder lautlos und ging zurück in sein Zimmer.

Barrys Biografie näherte sich ihrem Ende. Yvette servierte wie immer souverän das Mittagessen. Alberto saß erschöpft am Tisch und Isabella huschte wie ein Geist in einem weißen langen

Kleid lächelnd herein. Nach mehrmaligen Rufen Yvettes erschienen auch Barry und Sven im Speisezimmer. Es herrschte eine ungewöhnliche Stille.

Nach dem Essen verschwand Barry wie immer in sein Zimmer. Alberto ging in den Garten und kam mit einem frisch geschnittenen, bunten Blumenstrauß zurück und überreichte ihn gestenreich Isabella. Da sie spanisch miteinander sprachen, konnte Sven sich nicht erklären, welche Brisanz der Strauß haben sollte.

Auf den Balkon setzte sich Sven träge in einen Sessel und genoss den Blick auf das im Dunst liegende Saint-Tropez. Er hörte, wie vom Parkplatz ein Auto wegfuhr und danach vernahm er die Motorengeräusche eines zweiten. In der Ferne hörte man ein Hupen. Die schwüle Mittagsluft ließ ihn schließlich einschlafen. Nach einer Weile erwachte er von einem Geräusch. Mit klopfendem Herz lauschte er in die Stille und hoffte, dass er sich geirrt hatte. Plötzlich ein Schrei, ein entsetzlicher, durchdringender Schrei. Er zuckte zusammen und seine Hände krampften sich um das neben ihm liegende Buch. Woher konnte dieser Schrei kommen? Im Haus rührte sich nichts und trotzdem spürte er eine drohende Gefahr. Dem Schrei nachzuforschen hatte er aber eigentlich keine Lust. Schließlich packte ihn doch die Neugierde und er warf einen flüchtigen Blick auf die Straße, sah nach allen Seiten, um eventuell noch die Person, die geschrien hatte, auszumachen. Auf dem Nachbargrundstück erblickte er nur eine Frau, die in ihrem Garten einige Pflanzen beschnitt und er vernahm einen heiser bellenden Hund.

Nach dem merkwürdigen Vorfall legte sich Sven in sein Bett. Es dauerte lange, bis er sich beruhigt hatte und eingeschlafen war. Als er aufwachte, kam ihm das Haus gespenstisch still vor. Kein Geräusch. Barry, der meistens nachmittags mit einem Drink auf der Terrasse saß, konnte er nicht entdecken. Er zog seine Badehose an, überquerte gelassen die Terrasse und sprang in den Swimmingpool. Nachdem er einige Runden geschwommen war, ging er wieder zurück ins Haus um den Hausherrn zu suchen. Wo war er nur? Behutsamen Schrittes ging er zu Barrys Zimmer. Die Balkontür stand wie immer einen Spaltbreit offen. Leise rief er nach Barry. Man konnte nur das Surren der automatischen Klimaanlage hören. Er schob vorsichtig den Vorhang zur Seite. In der Dunkelheit konnte Sven erkennen, dass im Bett ein großer, schlaffer Körper mit einem Messer in der Brust in einer großen Blutlache lag. Panik ergriff ihn und er musste einen Brechreiz unterdrücken. Entsetzt eilte er zitternd aus dem stickigen Zimmer. Er war sich unschlüssig, ob er sofort die Polizei informieren oder Isabella und Yvette benachrichtigen sollte.

Sven rannte von Entsetzen gepackt zu Dr. Maurizio, der nebenan wohnte, die Steinstufen hinunter und klingelte bei ihm. Sven brachte kaum einen Ton heraus, stammelte aber dann, dass Barry blutüberströmt in seinem Bett liege. Dr. Maurizio begriff zwar nicht, was Sven damit sagen wollte, hastete aber sofort mit ihm in Barrys Haus.

Mit aufgerissenen Augen schaute Dr. Maurizio auf den mit Blut verschmierten Barry. Er fühlte den Puls und drehte sich dann mit den Worten zu Sven »Tot, glaube ich«. Sie gingen auf die Terrasse und Dr. Maurizio verständigte die Polizei. Nach wenigen Minuten brausten mit jaulenden Sirenen mehrere Polizeifahrzeuge heran. Ein französischer, breitschultriger und kahlköpfiger Kommissar stürmte ins Haus und inspizierte die Leiche. Wer denn in den letzten Stunden im Haus anwesend gewesen sei, wollte er wissen. Dr. Maurizio übersetzte die Frage für Sven. Mit klopfendem Herzen teilte Sven dem Kommissar mit, dass er heute Nachmittag mit Barry allein im Haus gewesen sei. Um die Mittagszeit habe er zwar einen Schrei gehört, aber danach sei es im Haus wieder ruhig gewesen.

Der Kommissar nahm die Personalien Svens und Dr. Maurizios auf und benachrichtigte anschließend Isabella und Yvette. Nach einiger Zeit erschien Isabella tränenüberströmt. Als Yvette erschien, flatterten ihre Hände und ihre Lippen bewegten sich, ohne einen Laut hervorzubringen.

Der Kommissar sah Isabella forschend an und registrierte, dass ihr die Frage, wo sie den heutigen Nachmittag verbracht hatte, peinlich war. Mit tränenerstickter Stimme nannte sie ihm den Namen ihres Liebhabers. Sofort rief der Kommissar diesen, namens Pierre, an. Dieser bestätigte die Uhrzeit. Der Kommissar teilte ihm mit, er solle sich für weitere Befragungen zur Verfügung halten. Nachdem Yvette ihre Fassung wiedergefunden hatte, sagte sie dem Kommissar, dass sie heute Nachmittag im Supermarkt eingekauft und anschließend zu Hause ihre Hausarbeit erledigt habe. Der Kommissar wollte von Yvette weiter wissen, ob das ihr Ehemann bestätigen könnte. Yvette konnte aber leider dem Kommissar nicht mitteilen, wo sich Alberto zurzeit aufhielt. Auf seinem Mobiltelefon war er nicht zu erreichen.

Die Polizei verhörte die Nachbarn. Eine Nachbarin sagte dem Kommissar, dass sie beim Beschneiden ihrer Pflanzen, so etwa um die Mittagszeit, den Gärtner von nebenan gesehen habe.

Zusammengekrümmt und zitternd vor Angst saß Sven auf einem Terrassenstuhl und wartete ergeben auf sein Schicksal. Er erinnerte sich, dass Alberto, nachdem Yvette schon längst das Haus verlassen hatte, noch im Garten herumgeschlichen war. Außerdem vermutete er, dass Alberto gewusst haben musste, dass seine Frau sich gelegentlich in Barrys Zimmer aufhielt.

An dem in Dunkelheit gehüllten und menschenleeren Strand saß ein Mann allein im Sand und schaute auf das grau aufbrausende, unberechenbare Meer. Zwei Polizisten, die auf der Promenade patrouillierten, wurden nach einiger Zeit auf ihn aufmerksam und schritten auf ihn zu. Sie baten um seinen Pass. Wortlos übergab er ihnen diesen und blickte weiter unbeeindruckt auf das unruhige Meer. Über Funk erfuhren die Polizisten, dass es sich um Alberto Gerlon handeln musste, der gesucht wurde. Alberto ließ sich widerstandslos festnehmen, denn er wusste, dass sein Leben in gewisser Weise beendet war.

Einige Tage später. In der bedrückenden Atmosphäre des Hauses hielt es Sven nicht mehr aus. Isabella geisterte in tiefer Trauer durch das Haus und Sven hatte die Kraft zu schreiben verlassen. Seine Arbeit und somit seine Ferien betrachtete er als beendet. Er packte seinen Rucksack und alle Unterlagen über Barry ein. Nach seinem Honorar getraute er sich Isabella nicht zu fragen. Eine Biografie sollte es wohl nicht mehr werden, aber für einen Kriminalroman hatte er genug Material.

# Hamlet

Den großen Keller hatte Uwe aus Anlass seines Geburtstages geschmückt und zum Partyraum umgestaltet. Einige Rohre waren mit Krepppapier umwickelt. Eine alte Couch und verschiedene Holzkisten standen herum. In einer Ecke lagen ein Kohlenhaufen und Briketts. Daneben stand eine Kiste mit eingekellerten Kartoffeln, auf der anderen Seite befand sich ein Regal mit Einmachgläsern. Ein modriger Geruch durchzog den kalten Keller. Der Plattenspieler, das Radio und die Lautsprecher stammten aus der elterlichen Wohnung. Eine provisorische Bar, gebaut aus mehreren Holzkisten, befand sich auf einer weiteren Seite. Ein weißer, angestaubter Plastikblumenstrauß schmückte die Bar. Zum Trinken gab es Cognac der Marke Tissot sowie Cola. Ende der fünfziger Jahre gab es für Jugendliche kaum alkoholische Getränke, die bezahlbar waren.

Aus den Boxen klangen abwechselnd *Chuck Berry* und *Elvis*. Uwe hatte gerade den Schlager von *Paul Anka, Put your head on my shoulder* aufgelegt, da öffnete sich krachend die Kellertür und ein blonder, schlanker Mann mit Sonnenbrille kam theatralisch die Treppe herunter. Ein Hawaiihemd in schrillen Farben leuchtete unter seinem viel zu großen Jackett hervor. Als Geburtstagsgeschenk überreichte er Uwe zwei Flaschen Bier. Er schob seine Sonnenbrille hoch und bemerkte, dass auf der Bar nur Cola und Tissot-Flaschen standen. Entrüstet wollte er von Uwe wissen, ob es außer Tissot noch etwas anderes gebe. Uwe konterte mit einem lauten: »Nein!«

Der Neuankömmling schaute pikiert umher, durchquerte den Keller und beschwerte sich lauthals über die langweilige Musik. Dann setzte er sich auf eine der Kisten. Neugierig betrachtete ich ihn, lehnte mich an die Kellerwand und bat ihn um eine Zigarette. Die modrige Luft war inzwischen mit Nikotin und Blödsinn geschwängert. Er gab mir eine Lucky-Strike und holte ein Glas Cola mit Tissot. Unerwartet legte er seinen Arm um meine Schulter. Ich ließ es zu.

»Ich heiße Hamlet.«

Amüsiert und fragend schaute ich ihn an: »Heißt du wirklich Hamlet?«

»Für dich schon«, antwortete er schnodderig.

»Wie nennen dich denn deine Freunde?«

»Auch Hamlet.«

Er ging nochmals zur Bar und kam mit einem vollen Glas Tissot zurück.

»Wie kommst du denn zu diesem Namen?«, wollte ich wissen.

Er nahm erst einmal einen großen Schluck aus seinem Glas. Nachdem er tief Luft geholt hatte, senkte er seine Stimme.

»Weißt du, ich habe eine Zeit lang als Statist am Schauspielhaus gearbeitet. Da ich mir keine der Aufführungen merken konnte, erzählte ich jedem, dass ich gerade Hamlet spiele.«

Eine Welle kalter Luft von der Tür brachte einen Schwung Gäste herein.

Hamlet stand auf, griff um meine Taille und wir tanzten zu *Let me be your teddy bear*, einem Song von *Elvis*. Ständig wollte Hamlet mich küssen. Mir war es unangenehm. Nach mehreren Drinks und Tänzen sah ich auf die Uhr. Es war bereits Mitternacht. Ich musste unbedingt die letzte Straßenbahn nach Hause erreichen. Ich verabschiedete mich schnell.

Als ich einige Schritte auf der menschenleeren Straße Richtung Straßenbahnhaltestelle ging, bemerkte ich, dass Hamlet schwankend hinter mir her schlich.

»Kann ich dich nach Hause bringen?«, fragte er lallend.

»Mit der Straßenbahn kann ich alleine fahren oder hast du ein Auto?«

»Na klar, hab' ich ein Auto«, kam es langgezogen aus seinem Mund.

Ich glaubte ihm nicht. Eine Weile gingen wir schweigend nebeneinander her. An einem großen, grünen, amerikanischen Auto blieb er stehen, schloss die Beifahrertür auf und ließ mich einsteigen.

»Woher hast du denn das Auto?«

»Das gehört dem Freund meiner Mutter, der ist ein Ami.«

Ein mit grünem Fell überzogener Lenker und ein mit grünem Teppich ausgelegter Boden sahen schon recht gruselig aus.

»Das ist ja hier wie im tiefen Wald«, kicherte ich.

»Das ist doch toll, da braucht man nie im Wald spazieren zu gehen.«

Zu Hause angekommen machte er mir den Vorschlag mich am nächsten Samstag zu einer Spritztour durch Frankfurt abholen zu wollen. Ich hatte keine Lust Hamlet wiederzusehen. Während er mir wortreich einige Geschichten aus seinem jungen Leben erzählte, grübelte ich nach einer perfekten Ausrede, die mir schließlich einfiel: »Ich mag keine grünen Autos. Ich liebe rosarote Cadillacs.«

Samstag. Mein Herz pochte aufgeregt, und mein Blick hing am Fenster, um zu sehen mit welchem Auto Hamlet kommen würde. Meine Mutter stand im Garten und plauderte mit einer Nachbarin. Neugierig beobachteten sie die Leute auf der Straße. Dann hörte ich, wie meine Mutter laut zur Nachbarin sagte: »Schauen Sie doch mal, Frau Müller, da kommt ein rosarotes Auto in unsere Straße gefahren.«

Schnell ging ich aus der Wohnung, duckte mich hinter die großen Hecken und schlich zum Auto. Es war tatsächlich ein rosaroter Cadillac. Als ich schließlich im Auto saß, bat ich Hamlet schnell wegzufahren. Er wendete mit quietschenden Reifen und heulendem Motor. Das Entsetzen in Mutters Gesicht konnte ich erkennen.

Wir fuhren kreuz und quer durch Frankfurt und wollten schließlich ins *Storyville* zum Tanzen gehen. Ohne Geld versuchten wir uns Eintritt zu verschaffen, leider erfolglos. Voller Frust beschlossen wir, uns den nächtlichen Flughafen einmal anzuschauen. Dort streiften wir ziellos umher. In einem noch spät geöffneten Zeitungsladen blätterte ich lustlos in einigen Zeitschriften. Nach dem langweiligen Abend und einer wilden Fahrerei setzte mich Hamlet wortlos vor meiner Haustür ab. Seit diesem Samstag hörte oder sah ich von Hamlet nichts mehr.

Es war Monate später an einem Sonntag, einem angenehmen Frühlingstag mit gelegentlichen Regenschauern. Sonntage empfand ich immer als langweilig. Die Straßen wie mit Watte ausgelegt, durch Watte laufen ist widerwärtig. Die Geschäfte geschlossen. Die meisten Restaurants auch. Einsame Menschen langweilten sich wahrscheinlich zu Hause.

Punkt zwölf Uhr gab es bei uns jeden Sonntag

Mittagessen, wie immer einen fetten Braten, Kartoffeln und Gemüse. Meine Mutter spülte anschließend das Geschirr und räumte die Küche auf. Ich fand es sehr angenehm, dass ich nicht helfen musste. Mein Vater setzte sich ins Wohnzimmer und rauchte eine Zigarette der Marke Overstolz. Man merkte ihm an, dass er sich langweilte. Aus dem Gelsenkirchener Barockschrank holte er schließlich das Mühlespiel.

Sich den langweiligen Sonntag mit Mühlespielen zu vertreiben, erschien mir angenehm. Trotz des Frühlingswetters empfand ich es im Wohnzimmer als kalt. Ich bat meinen Vater, den Ölofen anzustellen. Er gestand mir, dass er das Ofenrohr gestern hätte säubern sollen.

Leider habe er es vergessen. Wir beschlossen, das Ofenrohr gemeinsam zu reinigen. Vorsichtig hoben wir das Rohr aus der Verankerung. Meine Mutter, die die Geräusche hörte, kam daraufhin wütend ins Wohnzimmer und untersagte uns weiterzumachen. Schließlich sei heute Sonntag.

Das Ofenrohr setzten wir wieder in die Vorrichtung. Also fror ich weiter und wir spielten Mühle.

Mitten in meiner Glückssträhne klingelte es an der Haustür. Mein Vater ging zum Fenster und schob die Gardine zur Seite. Er drehte sich zu mir um und sagte: »Die Frau kenne ich nicht. Sie trägt ein maigrünes Kostüm.« Schließlich ging er zur Haustür und öffnete.

»Guten Tag Herr Weber, ich bin Elisabeth Kuper, die Mutter von Jörg-Peter«, konnte ich vernehmen. Ich zuckte zusammen, es war Hamlets Mutter.

»Was kann ich für Sie tun?«, erwiderte mein Vater.

Frau Kuper war sehr elegant gekleidet. Eine wunderschöne weiße Ansteckblume am maigrünen Kostümrevers und auch das zartgelbe Hütchen ließen sie wie eine wohlhabende Dame aussehen.

Von der Eleganz der Frau beeindruckt bat er sie hereinzukommen. Als sie mich sah, kam sie auf mich zu und streckte mir ihre Hand entgegen: »Ach, da ist ja die Heidi, guten Tag, wie geht es dir?«

Mir war unbehaglich zumute, stand aus dem Sessel auf, gab ihr brav die Hand und schwieg. Langsam ging ich zum Ölofen und stellte mich daneben. Dieser Besuch konnte nichts Gutes verheißen und ich wollte das weitere Geschehen lieber mit Abstand verfolgen. Da bemerkte ich, dass das Ofenrohr leicht wackelte. Mein Vater bot Frau Kuper an auf der Couch Platz zu nehmen. Er ging zum Wohnzimmerschrank, klappte stolz die beleuchtete Bar auf und nahm zwei Gläser und eine Flasche Likör heraus.

»Frau Kuper, darf ich Ihnen einen Likör anbieten?«

»Aber gerne«, zwitscherte sie.

Beide prosteten sich zu. Sogleich erzählte sie, da das Wetter heute einen längeren Spaziergang nicht zulasse, habe sie beschlossen, die Freundin ihres Sohnes kennenzulernen. Auf den Schreck hin trank mein Vater gleich zwei Liköre hintereinander und schenkte Frau Kuper auch einen weiteren ein. Nach mehreren Likören saß sie beschwipst und schweigend auf der Couch. Mein Vater hingegen erzählte ihr redselig mehrere Geschichten aus dem Krieg. Dann lehnte sie sich auf der Couch zurück und lächelte eigentümlich.

»Es ist mir eine Herzensangelegenheit, Sie und ihre Frau kennenzulernen. Mein Sohn ist nämlich seit längerer Zeit im Gefängnis.«

Mit ungläubigem Staunen wollte mein Vater wissen, warum denn ihr Sohn im Gefängnis sei.

Frau Kuper blickte mich mit einem bitterbösen Blick an.

»Jörg-Peter hat für Heidi immer Autos geklaut und eines Tages wurde er von der Polizei erwischt«, gab sie ernst von sich. Die Miene meines Vaters verfinsterte sich und er schaute mich vorwurfsvoll an. »Davon hast du mir noch nie etwas erzählt.«

Er erhob sich, kam bedrohlich auf mich zu und gab mir eine heftige Ohrfeige. In Tränen aufgelöst fiel ich gegen das Ofenrohr und das Ofenrohr fiel auf Frau Kuper, die gerade zu einem Schluck Likör ansetzte. Der Ruß aus dem Rohr rieselte über

Frau Kupers maigrünes Kostüm. Panisch sprang sie von der Couch auf.

»Mein neues Frühjahrskostüm!«, schrie sie. Ihre Augen blitzten wie zwei Maschinengewehrmündungen und ihr Lächeln war eingefroren.

Aufgeregt und verwirrt ging mein Vater in die Küche und holte ein Handtuch, mit dem er versuchte, den Ruß vom Kostüm abzuklopfen. Meine Mutter kam in ihrer weiß-blau-gestreiften Kittelschürze, sah die Bescherung und holte eine harte Bürste, um den Ruß vorsichtig abzubürsten. »Ruß ist bekanntlich sehr hartnäckig«, bemerkte sie und schaute meinen Vater verärgert an. Vater entschuldigte sich viele Male. Ich stand nach wie vor wie versteinert neben dem Ölofen und verkniff mir das Lachen. Nach vielem Bürsten und Klopfen war das maigrüne Kostüm endgültig hinüber. In einem untersten Gassenjargon, der im krassen Gegensatz zu ihrer eleganten Erscheinung zutage trat, brüllte sie los: »Das war wohl ein großer Fehler, unkultivierte Leute zu besuchen und mir den Sonntag von einer ungehobelten Familie versauen zu lassen!«

Frau Kuper rückte ihr hellgelbes Hütchen zurecht und versuchte den Ruß von der weißen Ansteckblume abzuschütteln. Sie nahm eiligst ihre Handtasche, ging zur Haustür, öffnete sie mit Schwung und eilte davon.

# Krankenhaus

Ich lag auf dem Tisch des Operationssaales und ließ meinen Blick umherschweifen. Kein Arzt, keine Schwester und kein Anästhesist waren anwesend. Hatte man mich vergessen? Ein unangenehmes und unheimliches Gefühl stieg in mir auf.

Meine letzte Operation, an die ich mich erinnerte, war in einem anderen Krankenhaus gewesen. Dort herrschte immer ein fröhliches OP-Treiben.

In dem Krankenhaus, in dem ich nun lag, wurde der Eingriff um zwei Tage verschoben. Der Arzt nannte mir keinen Grund. Um diesen aber herauszubekommen, ging ich am späten Abend mit einem Piccolo zur Nachtschwester. Vorsichtig fragte ich sie, ob sie wisse, warum meine Operation um zwei Tage verschoben worden sei.

»Das darf ich ihnen eigentlich nicht sagen«, entgegnete die Schwester. Dann holte sie aber zwei Gläser und wir tranken genüsslich den Piccolo. Nach einer Weile glitzerten ihre Augen, sie lehnte sich in ihren Stuhl zurück und erzählte es mir.

»Also«, begann sie langsam, »der Doktor feierte mit den Krankenschwestern seinen Geburtstag in einer Gartenwirtschaft außerhalb Frankfurts. Als wir mit unseren Rädern den Heimweg antraten, fing es plötzlich in Strömen an zu regnen. Der Doktor stürzte mit seinem Rad, so dass er in der Krankenhausambulanz unseres Krankenhauses behandelt werden musste.«

Ich war sehr froh, dass die Verschiebung meiner Operation nichts mit meinem Gesundheitszustand zu tun hatte.

Gut gelaunt kam am nächsten Morgen der Arzt zur Visite. Er entschuldigte sich, dass er mich nicht zu dem geplanten Termin hatte operieren können. Er teilte mir mit, dass ich eine seltene Blutgruppe habe und das Blut erst aus Afrika eingeflogen werden müsse. Damals lächelte ich über seinen Scherz, denn ich wusste ja Bescheid. Die Operation ist gelungen und alle meine Körperteile sind bis heute funktionstüchtig.

Ich lag immer noch auf dem kalten Operationstisch und fror. Ein Freund hatte mir dieses Krankenhaus empfohlen. Die Krankenschwestern seien alle sehr höflich und die Fachkompetenz überwältigend. Alle Krankenzimmer seien sehr gut ausgestattet. Der Chefarzt kümmere sich persönlich um die Patienten. Nur eines hatte ich nicht bedacht, ich war keine Privatpatientin.

Endlich öffnete sich die Tür des Operationssaals.

Ein Anästhesist tänzelte auf mich zu und säuselte: »Haaalöööchen, ich leeege Ihnnne jetzt mal die Kannnüüüle, damit Sie schöne Träume haben.«

Ich betrachtete ihn lange und seine langgezogene Wortwahl erinnerte mich an den Film *Ein Käfig voller Narren*. In dem Moment hörte ich ihn nochmals sagen: »So, hier ist das Kaaanüüülchen.«

Ich bat ihn, die Kanüle in die Armbeuge zu verlegen. Der anästhetische Prinz versprühte Giftblicke und nahm rücksichtslos meinen Handrücken, um mit der Arbeit anzufangen. Angstvoll und abrupt zog ich die Hand zurück. Da öffnete sich wieder die Tür und der Operationsarzt kam ziemlich erregt herein. In den Händen hielt er zwei Akten.

»Ich bin ja so ein schlauer und guter Arzt«, sprach er mich an. »Ich habe mir noch einmal das Röntgenbild ihrer letzten Schulteroperation und die Kernspintomographie angesehen«.

Bis zu diesem Zeitpunkt war ich der Überzeugung, dass vor einer Operation ein solches Vorgehen eigentlich üblich sei. Er erklärte mir, dass er übersehen habe, dass die bei der letzten Operation angebrachte Platte zur Stabilisierung der Schulter auseinandergefallen sei. Aus diesem Grund könne ich heute nicht operiert werden. Die Platte müsse dort so lange verbleiben, bis sich die Schulter stabilisiert habe.

Das mobile Telefon der Operations-Kapazität klingelte ständig. Die Nervosität konnte man dem Arzt ansehen. Schnell verabschiedete er sich mit den Worten: »Kommen Sie Ende des Jahres in meine Sprechstunde.«

Der Anästhesist-Prinz stand noch immer mit dem Kanüüülchen in der Hand vor mir und sein giftiger Blick war weiterhin auf mich gerichtet. Schließlich schob mich eine Krankenschwester im Krankenbett in das Patientenzimmer zurück. Da ich bereits vor der Operation eine Beruhigungstablette eingenommen hatte, fiel ich in einen tiefen Schlaf.

Dieser wurde durch eine Schwester unterbrochen, die mir das Abendessen servierte. Ich bedankte mich und gab ihr zu verstehen, dass ich nicht operiert worden war. Sie gab zur Antwort, dass das Essen sowieso von der Krankenkasse bezahlt werde. Danach könnte ich nach Hause gehen.

Zu Hause angekommen, schaute ich mir mein orangefarbenes Rollo *Made in China* an, welches ich an jenem Juni-Feiertag versuchte hatte anzubringen. Die Holzleiter kippte, ich fiel mit dem Rollo in der Hand auf den gefliesten Küchenboden. Meine Schulter schmerzte und ich angelte mir aus dem Kühlschrank einige Eiswürfel und legte sie auf meine Schulter. Aber die Therapie half gar nicht. Unter Schmerzen stand ich mühevoll vom Küchenboden auf, rief ein Taxi und fuhr in die Ambulanz des nächsten Krankenhauses.

Dort wurden meine Schmerzen immer unerträglicher. Auf einem unbequemen Stuhl sitzend wartete ich ungeduldig auf einen Arzt.

Ich kämpfte mit den Tränen, denn die Schmerzen wurden immer unerträglicher. Schließlich klopfte ich an die Tür des Arztzimmers und öffnet sie. Hier saßen die Krankenschwestern und Pfleger zusammen, aßen Kuchen und tranken Kaffee. Höflich fragte ich, ob ich stören dürfe, da ich unerträgliche Schmerzen habe. Man forderte mich auf, mich wieder in den Wartebereich zu begeben. Ein Arzt würde sich gleich um mich kümmern. Ein junger Pfleger schob derweilen genüsslich die Kuchengabel in den Mund. Draußen wartete ich schmerzgekrümmt weiter. Endlich öffnete sich die Tür des Arztzimmers und man bat mich herein. Nach der Schilderung meines Missgeschicks wurde ich geröntgt. Diagnose: Splitterbruch der rechten Schulter, die operiert werden müsse.

Der Arzt verabreichte mir ein starkes Schmerzmittel, einen Operations-Termin erhielt ich für den nächsten Tag und einen Wunsch für einen schönen Tag.

Am nächsten Tag nach der Operation musste ich mir den Streit zweier Patientinnen anhören.

Links neben mir lag eine dünne Lehrerin, die den ganzen Tag Bücher las und nur bei Bedarf schmallippig mit den Schwestern philosophierte. Die Schwestern hatten ihr den Spitznamen *Ungevögelt* gegeben. Sie meckerte den ganzen Tag lang über die schwergewichtige Patientin, die rechts neben mir lag. Sie sei ein Miststück und nehme auf die Mitpatienten keine Rücksicht. Bis spät in die Nacht Fernsehen schauen sei für sie als Leserin unzumutbar. Den Abschaum möchte sie am liebsten verprügeln. Die Schwestern waren über die Schimpftiraden der Lehrerin schockiert.

Der dicken Patientin hatte man den Spitznamen *Immergeil* gegeben. Sie grinste ständig und betitelte die Lehrerin als Arschloch. Eines Mittags stieg die Lehrerin aus ihrem Bett, haute der dicken, gefräßigen Patientin das Tablett samt Mittagessen auf den Kopf und brüllte: »Du fette Kuh, friss dich noch fetter und kratz endlich ab!«

Daraufhin sprang *Immergeil* aus dem Bett und verprügelte *Ungevögelt*. Ich lag zitternd in meinem Bett und schaute ungläubig auf die zwei Kampfhennen. Die beiden wurden dann von einem herbeigerufenen Arzt behandelt und erhielten eine Beruhigungsspritze. Vorsichtshalber schob man die Lehrerin in ein anderes Zimmer. Beim Rausschieben schrie sie: »Blöde Kuh!« Am nächsten Tag wurden sie entlassen. Mich überwies man in die Reha.

Ein Jahr später. Die operierte Schulter schmerzte wieder. Also ging ich zu dem Orthopäden meines

Vertrauens. Dieser röntgte die Schulter und stellte fest, dass sie unsensibel operiert worden war. Die Formulierung »hier ist Mist gebaut worden« vermied er. Voll Mitleid rief er seinen Freund, den Professor der Orthopädischen Klinik an, und schilderte ihm meinen Fall. Ich bekam einen Termin bei ihm persönlich.

Als ich mich zu dem vereinbarten Termin einfand, teilte mir die Sekretärin mit, dass der Professor nicht anwesend und ein Termin ihr nicht bekannt sei. Ferner wollte sie wissen, ob ich eine Privatpatientin bin. Als ich verneinte, verwies sie mich mit unfreundlichen Worten an die offene Orthopädie-Sprechstunde.

Schmerzgeplagt ging ich dort hin. Zwischen Patienten mit einem Bein, verbundenen Beinen, einem Arm, verbundenen Armen, zwischen den schmerzgekrümmten und Rollator schiebenden Patienten wartete ich auf meinen Aufruf. Nach einigen Stunden war es endlich soweit. Eine Ärztin schaute zuerst nervös auf ihre Armbanduhr, nahm einen Schluck Kaffee und betrachtete lange das Röntgenbild. Nach einem nochmaligen Blick auf die Armbanduhr teilte sie mir lapidar mit, dass mir ein künstliches Schultergelenk eingebaut werden müsse. Nur so könnte man dem Schmerz abhelfen und den Bewegungsapparat wieder einigermaßen funktionsfähig bekommen.

Einige Tage später wurde ich in der Uni-Klinik

operiert. Mein Arm war noch dran, die Schulter aber unbeweglich. Das Krankenzimmer teilte ich mit einer hüftoperierten, älteren, freundlichen Dame, die still in ihrem Bett lag und in einigen Illustrierten blätterte. Alle Krankenschwestern hatten es meist gegen Abend eilig, denn im Fernsehen liefen die Sendungen *In aller Freundschaft* oder *Die Nachtschwestern*. Auch den *Bergdoktor* hatten alle Krankenschwestern ins Herz geschlossen.

# Tiefzeit

Es war ein freundlicher Spätnachmittag an einem Freitag. Die letzte Sonne fiel durch die wenigen Herbstblätter, die noch an den Bäumen hingen. Die Vögel, die auf den Bäumen saßen, machten beträchtlichen Lärm.

HaBe saß auf der Terrasse seines Hauses und blies den Rauch seiner Zigarette gen Himmel. Er verabscheute es in dieser Schlafstadt zu wohnen, die aus Reihenhäusern und einigen wenigen Villen bestand, die wie architektonische Schmuckstücke aussahen. Das einzige Hochhaus beherbergte eine Anzahl Arztpraxen. Einige Pizzerien, ein griechisches, ein indisches, ein spanisches, ein chinesisches Restaurant und ein Balkangrill waren hier ansässig, aber keine Pilsstube.

HaBe drückte seine Zigarette in dem übervollen Aschenbecher aus und überlegte, was er an dem heutigen Freitagabend treiben solle. Den Aschenbecher entleerte er im Abfalleimer in der Küche. Aus dem Kühlschrank entnahm er eine Flasche Bier. Von der Straße hörte er die Fahrgeräusche einiger Autos. Das gab ihm das Gefühl nicht allein zu sein. Dann wieder Stille. Sein Nachbar fuhr das Auto in die Garage. Ein paar Wortfetzen, wahrscheinlich die Begrüßung durch seine Frau, waren zu hören, dann wieder Stille. Wie er das alles hier hasste. Die Wohnsituation wurde ihm von Tag zu Tag unerträglicher.

Die Idee sich von seiner nymphomanischen Ehefrau scheiden zu lassen, hielt er noch immer für eine seiner besten Entscheidungen. Alle seine Freunde hatten ihre Augenfarbe besser gekannt als er. Letztlich war sie mit einem seiner besten Freunde durchgebrannt. Seine Frau hatte viele Möbel aus der Wohnung mitgenommen, genauso wie auch alle gemeinsamen Freunde.

Mit dem Bier setzte er sich auf die Couch, auf der er auch seit Wochen schlief. Sein Blick ruhte auf dem Bücherregal, das ihm seine Ex-Frau großzügig überlassen hatte und dass ihm ein häusliches Gefühl vermittelte. Die Einsamkeit nach der Scheidung ließ sein Gewicht hochschnellen und die einsamen Trinkabende ließen ihn zu einem Teilzeitalkoholiker werden. Die Nachrichtensprecher begrüßten ihn abends und wünschten ihm auch eine gute Nacht.

Die dörfliche Schlafstadt mit Kita-Idylle hatte den Vorteil eines S-Bahnanschlusses, der nicht weit von seinem Haus entfernt lag. Beim nochmaligen Blick in den Kühlschrank traf er die Entscheidung, in die Stadt zu fahren, um in seiner

Lieblingskneipe einige kühle Biere zu trinken und mit einem menschlichen Wesen zu reden. Sein Mobiltelefon verriet ihm, dass die nächste S-Bahn nach Frankfurt in ein paar Minuten fahren würde. Schnell nahm er seinen Mantel, schloss das ungeliebte Reihenhaus ab und eilte zur S-Bahn-Station.

Eddys Pinte war eine Pilsstube in Frankfurt, in der man knobelte, rauchte, ausgiebig zechte und viel redete. Der Wirt wurde nach einigen alkoholgeschwängerten Abenden ein guter und sein einziger Freund. Eddy, der ein richtiger Ex-Ehemann-Versteher war, wies seine männlichen Gäste immer darauf hin, dass statistisch betrachtet, die meisten Ehemänner vor ihren Ehefrauen starben. Jeder seiner Gäste solle glücklich sein, wenn er keine Ehefrau mehr besaß.

Der erste Schluck des kühlen Bieres versetzte HaBe in eine Feierabendstimmung. Eddy heiterte ihn noch mit seinem sehr eigenen Humor auf. Nach etlichen Bieren und vielen Zigaretten sah eine Frau HaBe bewundernd an. Mit glänzenden Augen setzte sie sich auf den nebenstehenden Barhocker und bat HaBe um Feuer. Er gab es ihr und dann mehrere Biere aus. Zwischendurch servierte Eddy HaBe und seiner Bekanntschaft einige Gläser Wodka.

»Danke dir, Schätzchen«, kam es lallend aus ihrem rotverschmierten Mund. Nach ein paar tiefen Zügen an der Zigarette sprach die Frau mit gespielter Autorität einen zusammenhängenden Satz: »Schätzchen, wenn du mich betrunken machen willst, will ich dich fallen sehen.«

»Besser ein Gespräch mit einer halbgebildeten Frau jenseits des Verfallsdatums haben, als allein zu Hause auf der Couch liegen«, sinnierte er und schwieg für eine Weile. Dann erwiderte er gelassen: »Man kann im Leben vieles haben, aber nicht alles.« Sie musterte ihn eine Weile.

»Wieso nicht? Bist du etwa frisch geschieden?«

»Nein, alt geschieden«, protestierte HaBe.

Neugierig wollte sie wissen: »Besäufst du dich jeden Abend?«

»Nein, manchmal schaffe ich es schon nachmittags.«

Berauscht von dem kräftigen Parfüm der Frau und betrunken vom Wodka beschloss HaBe die Nacht mit ihr zu verbringen. Man stellte sich auch nicht weiter mit dem Namen vor, sondern bestellte ein Taxi. HaBe landete in einem geschmacklosen Reihenhaus. Das Mobiliar glich Gelsenkirchener Barock und billige Reproduktionen hingen an den Wänden. In dem leeren Bücherregal standen einige Vasen mit Plastikblumen und viel Nippes. HaBe verbrachte eine unruhige Nacht, die im Oralverkehr hängen blieb. Als er morgens im Halbdunkel aufwachte und die Silberstreifen zwischen den Ritzen der Fensterläden sah, verließ er schnell das Reihenhaus. Im kalten Morgengrauen rief er ein Taxi, welches alsbald mit hoher Geschwindigkeit vorfuhr.

Am nächsten Morgen studierte er zu allererst die Wohnungsanzeigen in der Samstagsausgabe der Zeitung. Seine Ex-Frau bestand darauf, dass das Haus so schnell wie möglich verkauft werden solle. Sie benötige das Geld dringend. Nach längerem Suchen fiel ihm eine Wohnungsanzeige auf, in der ein Interessent für eine achtzig Quadratmeter große Wohnung zwecks Gründung einer Alterswohngemeinschaft einen Mitbewohner suchte.

Sogleich rief HaBe die angegebene Mobiltelefon-Nummer an. Eine angenehme, dunkle Frauenstimme meldete sich. Nachdem HaBe ihr seine wirtschaftlichen und persönlichen Verhältnisse mitgeteilt hatte, gab sie ihm ihre Anschrift. Sie verabredeten sich für den Spätnachmittag.

Die Altbauwohnung lag mitten in Sachsenhausen und entsprach genau seiner Vorstellung. Erfreut klingelte er an dem Schild mit dem Namen, den ihm die Frau genannt hatte. Die Tür wurde von einer korpulenten Frau mittleren Alters geöffnet, die ihn von Kopf bis Fuß musterte. Sie stellte sich als Anna vor und führte ihn sogleich in die geräumige Küche. Für das auf dem Tisch noch stehende Essgeschirr entschuldigte sie sich. Aus dem Kühlschrank nahm sie eine Flasche Schnaps und schenkte zwei Gläser ein. Im Laufe des Gesprächs erfuhr HaBe, dass sie seit kurzem Witwe sei und keine Lust auf eine weitere Beziehung habe, aber auch nicht alleine leben wolle. Man kam überein, dass das leerstehende größte Zimmer sofort bezogen werden könne.

HaBe zog bei Anna ein und ihm war klar, dass die Wohngemeinschaft von unschätzbarem Wert war. Keine Frau konnte ihn mehr betrügen. Weinstuben und Kneipen waren zu Fuß zu erreichen, was für ihn einen großen Luxus in seiner Freizeit bedeutete. In der Küche lud Anna HaBe öfter zu einem köstlichen Essen ein. Gelegentlich überschüttete sie ihn mit belanglosem Geschwätz über die Krankheiten ihrer Mutter und die literarischen Ergüsse der Freundinnen. Als ehemalige Journalistin schrieb sie bereits seit längerem an einem Sachbuch über die *Tempel der Alten Griechen*. Die Kochleidenschaft hatte ihr allerdings eine fülligere Figur beschert und sie betonte gerne: »Das bisschen Sex brate ich mir in der Pfanne.«

Eines Tages lernte HaBe den Schriftsteller Wilhelm Feinwald kennen, der ihn zum Schreiben anhielt. Gedichte schreiben wurde nun zu seiner Leidenschaft. Auf dem Schreibtisch standen jetzt verschiedene Gedichtbände und viele beschriebene Blätter lagen herum.

Das Gedicht *Die Erleuchtung,* inspiriert von seiner letzten Freundin, hatte er bereits mehrmals umgeschrieben. In ihrem tempelähnlichen Refugium, in welchem immer Räucherstäbchen gebrannt hatten, es vor und nach dem Sex immer einen Gesundheitstee gegeben hatte. Die selbstgemalten Mandalas an den Wänden hatte er als erdrückend und die spirituelle Musik unerträglich gefunden. Doch eines Tages hatte HaBe wieder die Witterung nach Freiheit aufgenommen und sich von der Tempelgöttin für immer verabschiedet. Er wollte nicht mehr nur vom Weizenbier träumen, er wollte es auch wieder trinken.

Essensgeruch und Geschirrklappern rissen ihn aus seinen Gedanken und Annas Stimme drang in sein Zimmer: »HaBe, hast du Lust, mit mir eine Kleinigkeit zu essen?« Er legte abrupt seine Gedichte beiseite und begab sich in die Küche. Nach dem Essen und einem Nachmittagsschlaf wollte er die elegante Leichtigkeit der Freizeit genießen.

In der kleinen Pilsstube *Altes Haus* behandelte die Wirtin, die man zwischen achtzig und hundert Jahre schätzte, alle ihre Gäste wie gute Freunde. Gelegentlich schlief sie zwischen dem Zapfen von Bieren ein, was aber die Gäste nicht störte. Sobald man um das bestellte Bier bat, zapfte sie munter weiter. Eine Frau, deren Frisur einem Strauß Maiglöckchen ähnelte, lehnte am Tresen und diskutierte lautstark über den deutschen Schlager. HaBe empfand diese Art von Schlager als Tragödie.

Nach dem zehnten Bier offerierte sie HaBe ihre Plattensammlung. In der Hoffnung, doch noch geschmackvollere Musik zu hören, willigte er ein. »Maiglöckchen«, wie er sie inzwischen zärtlich nannte, wohnte in einem der von ihm verhassten, stillosen Reihenhäuser. HaBes Laune sank auf den Nullpunkt und warf ihn schließlich auf die mit Chintz bezogene Couch. Nur das kühle Bier ließ ihn die Musik ertragen. Maiglöckchen kramte ununterbrochen in ihrer Plattensammlung, die aus Heino, Peter Alexander, Roberto Blanco, Udo Jürgens, Viki Leandros, Roland Kaiser und Roy Black bestand.

Der Schlagermusik überdrüssig schaltete er den Fernseher ein. Im Hintergrund klang der Song *Junge komm bald wieder*, den er Freddy Quinn zuordnete.

Gebannt schaute er später dem nächtlichen, philosophischen Fernsehgespräch zu. Ein Satz, der klang wie eine Offenbarung:

*Die aus dem Geschlechtstrieb entspringenden Kapriolen sind ganz analog den Irrlichten und täuschen auf das Lebhafteste, aber folgen wir ihnen, so führen sie uns in den Sumpf und verschwinden.*

*Schopenhauer*

Diese Weisheit machte HaBe nachdenklich. Während Maiglöckchen sich weiter intensiv mit ihrer Musiksammlung und dem Schnapstrinken beschäftigte, wagte er heimlich den Aufbruch.

Zu Hause angekommen dachte er über sein Gedicht *Erleuchtung* nach, was ihm aber keine weitere Erleuchtung brachte. Für den nächsten Tag beschloss er seine kreative Schaffensphase fortzusetzen.

Gegen zehn Uhr wurde HaBe durch das Klingeln des Telefons aus dem Schlaf gerissen.

»Hier Brunn«, meldete er sich mürrisch.

»Hier ist Peggy, wenn du zu Hause bist, würde ich gerne mal bei dir vorbeikommen, ich bin nämlich in deiner Nähe.«

»Leider habe ich heute keine Zeit«, wimmelte er sie ab.

»Wenn du schnell bist, dauert es auch nicht lange«, gab Peggy süffisant zurück.

»Was heißt hier schnell«, fragte er ungehalten.

»Ich habe einfach Lust dich zu sehen. Übrigens stehe ich schon vor deiner Tür.« HaBe öffnete.

Die lustige, junge Frau, die ihm dann gegenübersaß, bestand aus vollen Lippen und langen Fingernägeln. Das blonde Haar schimmerte golden im Morgenlicht. Er erinnerte sich, dass er mit ihrer Mutter einige heiße Nächte auf Ibiza verbracht hatte.

»Darf ich dir einen Kaffee oder Tee anbieten«, fragte er mit gelassener Unfreundlichkeit.

»Weder noch. Ich würde gerne einen Piccolo trinken.«

Um seine Mitbewohnerin Anna nicht neugierig

zu machen, schlich HaBe in die Küche. Aus dem Kühlschrank nahm er zwei Piccolos, angelte zwei Gläser aus dem Küchenschrank und ging leise zurück.

Peggy lag derweilen unbekleidet auf seinem Bett.

»Ziehe dich doch bitte wieder an, du wirst dich noch erkälten«, gab HaBe fürsorglich zu verstehen.

»Weißt du, ich komme gerade von meinem Freund, der mich die Nacht nicht gevögelt hat. Die ganze Nacht hat er gekifft, Glotze geguckt und gegen Morgen ist er eingeschlafen.«

»Und jetzt soll ich aus Enttäuschung mit dir die Nacht nachholen? Lass das mal! Erzähl mir lieber, was du in letzter Zeit so alles gemacht hast«.

Er schenkte ihnen beiden ein Glas Sekt ein. Vorsichtshalber schloss er die Tür ab. Um sie von weiterem Tun abzuhalten, begann er ein Gespräch darüber, ob Peggy denn ihr richtiger Name sei.

»Du kennst doch meine Mutter und weißt, dass sie nichts bereut und ein Fan von Peggy Guggenheim ist«, gab sie gelangweilt zurück.

Peggy monologisierte anschließend über ihre Mutter und Peggy Guggenheim. HaBe hörte ihr aufmerksam zu. Peggy bat ihn, sich auf das Bett zu legen. Er tat es. Peggy zog vorsichtig seinen Penis aus der Hose. HaBe hatte nun auf kulturelles Geschwafel auch keine Lust mehr, folgte den

Irrlichtern und verschwand mit ihnen in den Sumpf.

Schließlich zog Peggy ihre Kleidung wieder an und verabschiedete sich mit vielen Küssen. Der Kaffeeduft zog ihn an. Er ging in die Küche und frühstückte mit Anna – glücklich und gemütlich.

# Dreiakter

Nach einer Weile des Unbehagens ließ ihn ein leises Geräusch endgültig erwachen. Durch die dunklen Vorhänge kam kein Licht ins Zimmer. Auf der Haut spürte er Bettwäsche aus edlem Stoff. Ein orientalischer Duft lag in der Luft. Stimmen und leise Musik drangen an sein Ohr.

Da betrat jemand mit leisen Schritten den Raum und öffnete einen Spaltbreit die Übergardinen. Jetzt konnte er erkennen, dass er sich in einem großen, grünen Zimmer befand. Auf den seitlich stehenden Anrichten stand viel Nippes, und es lagen dort Handpuppen, die ihn mit großen dunklen Augen anschauten.

Vor dem Bett bewegten sich zwei blonde, junge Frauen und kicherten. Abwechselnd schaute er auf die wohlgeformten Körper und auf die vielen Puppen. Als er sich im Bett aufgesetzt hatte, wollte er wissen, wem denn die Puppen gehören.

»Das sind unsere Kinder, die haben wir alle adoptiert«, entgegnete eine der beiden.

Eine der Schönheiten streifte die Handpuppen *Kasper* und *Gretl* über ihre Hände und die andere die junge Frau hatte *Miss Piggy* und *Kermit* bereits übergestülpt.

»Was zum Teufel habt ihr denn mit den Puppen vor?«, fragte er.

»Der Teufel ist schon lange nach Hause gegangen«, krächzte Miss Piggy.

HaBe faszinierten die hölzernen Handpuppen. Plötzlich fingen sie sich an zu regen: »Guten Morgen, hast du gut geschlafen?«, sprach Gretl ihn an.

»Wenn man um diese Uhrzeit erst aufwacht, hat man immer gut geschlafen«, kommentierte Kasper.

»Sagt mir mal lieber, wie viel Uhr es ist«, erwiderte HaBe.

»Warum, geht deine Uhr nicht mehr?«, konterte Kermit.

»Herrje«, dachte HaBe und schaute auf seine Armbanduhr. Aber bei diesem trüben Licht konnte er die Uhrzeit nicht erkennen.

»Na, ja, eigentlich ist mir die Uhrzeit egal. Ich wollte sowieso gehen.«

»Aber ich hätte noch einmal so richtig Lust mit dir zu vögeln«, piepste Miss Piggy.

»Jetzt bin ich erst einmal dran«, wimmerte Gretl.

»Kinder, ich glaube, wir verhauen erst mal den Strolch«, grölte Kasper und schwang die Klatsche.

»Nein, das kannst du später machen«, bestimmte Kermit.

»Lass doch mal lieber die arme Gretl unter die Bettdecke gucken.«

»Ich glaube, unser Süßer möchte jetzt lieber zu seiner Ehefrau nach Hause gehen«, verkündete Kermit.

Als HaBe das verhasste Wort Ehefrau hörte, beschloss er dieses Etablissement schnell zu verlassen.

»Ihr Süßen, bitte gebt mir erst einmal ein großes Glas Wasser und bestellt mir dann ein Taxi.«

»Ist ein Glas Wasser im Preis enthalten?«, fragte Gretel den Kasper.

HaBe rieb sich die Augen und wurde nun hellwach. »Was meinen die beiden denn wohl mit Preis, überlegte HaBe und fragte vorsichtig: »Welchen Preis meint ihr denn, ihr Hübschen?«

»Na, jede von uns bekommt für die heutige Nacht 400 Euro, das sind insgesamt 800 Euro. Geile junge Weiber kosten eben Geld. Nur bei klimakterischen Weibern erhältst du noch ein Frühstück als Armenspeisung und manchmal das Wort zum Sonntag. Mit uns hattest du doch letzte Nacht sooo viel Spaß«, bemerkte eine der Blondinen süffisant.

Miss Piggy erhob ihre sonore Stimme: »Schieb deine Kohle zu uns Damen rüber. Möglichst cash.«

»Also Damen seid ihr?«, grinste HaBe und kam ins Grübeln. War er jetzt zu einem Amateurfreier herabgesunken? Sein Kopf sank noch einmal in das angenehm duftende Kopfkissen zurück. Seine

Selbstironie half ihm und er beschloss, seine Nacht-aktivitäten künftig einzuschränken, um den finanziellen Überblick zu behalten.

»Ich sollte meinen Alkoholkonsum reduzieren, das schont nicht nur den Geldbeutel, sondern auch meine Leber«, murmelte er vor sich hin. Dann rief er den beiden Damen zu: »Na, wie ihr wollt, ihr geldgieriges Gesindel, dann gebt mir mal meine Hose und Jacke, denn da ist mein Portemonnaie drin.«

»Was heißt hier geldgieriges Gesindel, du weißt doch: Mit Geld gehört dir die Welt und wir waren heute Nacht deine Welt.«

Auf dieses Gespräch hatte HaBe keine Lust mehr. Schließlich erhob er sich mühevoll aus dem Bett. Die vielen Puppen hatten ihre dunklen Augen beängstigend auf ihn gerichtet, und die zwei Blondinen beobachteten jede seiner Bewegungen. Als er endlich auf dem weichen, schwarzen Teppich stand, musste er ein paar dieser Puppen wegräumen, um an seine Kleidung zu kommen. Fröstelnd zog er sich an und angelte sein Portemonnaie aus der Jackentasche.

»Mädels, ich habe kein Bares mehr, also wie soll ich zahlen?«

»Mit Kreditkarte!«, ertönte es.

»Seid ihr denn online?«

»Aber klar, also her damit!«, erwiderte Kermit streng.

»Du bekommst auch einen Bewirtungsnachweis von uns.« »Das auch noch«, stöhnte HaBe erstaunt.

Eines der Mädchen verschwand mit der Kreditkarte. Nach kurzer Zeit kam sie mit einem Abbuchungsbeleg und einer Rechnung zurück. Auf letzterer stand der Name des vegetarischen Restaurants *Gurken und Karotten*. Die Mehrwertsteuer war auch ausgewiesen.

Die beiden Mädels verneigten sich höflich und zwitscherten: »Wir bedanken uns, und wenn du wieder einmal vegetarisch essen möchtest, dann call us.« Sie übergaben ihm die Visitenkarte des Etablissements.

»Also, Mädels, ich werde euer vegetarisches Restaurant weiterempfehlen.« HaBe verabschiedete sich eilig, denn diese Professionalität war angsteinflößend. Seiner Meinung nach waren diese Flittchen nicht mehr als 40 Euro wert.

Wie von einem Magnet angezogen, öffnet er schwungvoll die Tür und schloss sie eiligst. Aus der Wohnung hörte er den Gesang: »Arrivederci Hans, du hast den letzten Tanz und frisiere bald wieder deine Bilanz, damit du dir diese Extravaganz demnächst wieder mal leisten kannst.«

Mit weichen Knien schwankte er die schiefen Altbaustufen herab. Ganz in Gedanken versunken suchte er nach seinen Zigaretten. Dabei stieß er eine angelehnte Tür auf und trat hindurch. Mit einem Summen schloss sich hinter ihm die Tür. Sogleich bemerkte er, dass es nicht die Haustür sein konnte. Eine Frauenstimme rief aus einem der Zimmer: »Komm rein, Erwin, endlich bist du mal pünktlich.«

HaBe drehte sich schnell zur Tür, um wieder hinauszueilen. Aber die Tür ließ sich auch durch mehrmaliges Drücken nicht öffnen.

HaBe blickte in ein dunkles Verlies, das mit Ketten und einer Streckbank ausgestattet war. Die Wände waren mit schwarz-roter Tapete überzogen, und es brannten zwei Fackeln, die ein unruhiges Licht warfen. Aus einem gespenstisch in rotes Dämmerlicht getauchten Raum erklang die Musik von Rammstein, und aus diesem Gemach trat eine Frau und befahl ihm: »Ziehe sofort deine Klamotten aus und den Latexanzug an. Und beeil dich! Ich habe später noch einen anspruchsvollen Kunden zu bedienen.«

Von der mit Goldbeschlägen besetzten Truhe nahm sie verschiedene merkwürdige Utensilien herunter. Sie übergab HaBe den Latexanzug und mit Nieten besetzte Lederbänder. Und das herrische »Beeil dich Erwin!«, galt HaBe.

»Ich habe die Tür verwechselt«, sagte HaBe wütend.

»Schätzchen, halt die Klappe, du weißt doch, jeder heißt bei mir Erwin, also mach, dass du in den Latexanzug kommst, und schnall dir diese Bänder um!«

»Ich, ich, ich …«, stotterte HaBe, ging nochmals zur Tür und versuchte sie zu öffnen. Sie blieb verschlossen.

»Wer hat dir erlaubt, dich zu bewegen? Und jetzt erst mal auf die Knie und lecke meine Stiefel ab«.

HaBe konnte nicht begreifen, dass er sich in dieser misslichen Lage befand. In dem trüben, roten Licht sah er, dass sich die Frau in schwarzen Stiefeln mit ultrahohen Absätzen und einem eng anliegenden, schwarzen Latexanzug wie ein Tiger auf der Jagd bewegte. Die Augen bedeckte eine grüne Maske und ihre Lippen leuchteten in einem verführerischen Kirschrot. Die Maskierung und Dekoration kannte HaBe nur aus Filmen. Er trat einen Schritt zurück und stürzte dabei über einen am Boden liegenden Gegenstand. Da kam ein Peitschenhieb auf ihn nieder und ein Fuß stellte sich auf seine Hüften. Die spitzen Absätze bohrten sich in seinen Körper. Die Stimme befahl: »Erwin, schwächel' heute nicht!«

Sie zog ihn mit geübten Griffen auf ein Gerät und fesselte ihn daran. Sein Blick schweifte durch den eigenartigen Raum und er entdeckte, dass an der Wand, sehr ordentlich aufgereiht, mittelalterliche Folterwerkzeuge hingen. Von der Decke baumelten große Lederschlaufen und in einer

Ecke stand ein riesiges Holzkreuz. Aus einer Kommode schauten Gummihandschuhe und Handschellen heraus. HaBe nahm seine ganze Kraft zusammen, um dem Spuk ein Ende zu bereiten.

»Begreifen Sie doch endlich, dass ich nicht Erwin bin. Ich heiße Hanns-Bernd Brunn und habe versehentlich Ihre Tür geöffnet.«

Sie ließ sich von seinen Worten nicht beeindrucken und erwiderte kühl: »Erwin, es ist immer dasselbe mit dir, du willst wohl heute wieder gehängt werden und 100 Peitschenhiebe haben? So eine exzellente Behandlung musst du dir aber erst verdienen, du Scheißkerl.«

Als hatte jemand sein Flehen nach Erlösung gehört, klingelte es an der Tür.

»Ach herrje, wer kann denn das sein?« Die Frau stöckelte wütend in diese Richtung. Durch die einen Spaltbreit geöffnete Tür drängte sich ein schwergewichtiger, keuchender Mann mit den Worten: »Herrin, es tut mir leid, dass ich mich heute verspätet habe.«

»Erwin, du hängst aber bereits angeschnallt auf dem Andreaskreuz«, sagte sie wütend.

»Also Herrin, das kann nicht sein. Ihr Sklave hat leider heute die S-Bahn verpasst«, entgegnet er devot.

»Na, wenn das so ist, dann komm mal mit!«

»Ich habe Ihnen doch gleich gesagt, dass es sich

hier um einen Irrtum handelt und dass ich nicht Erwin bin«, stöhnte HaBe ganz geschwächt.

Mit geübten Griffen befreite die Domina ihn aus der schmerzhaften Position, nahm ihre grüne Maske ab, schüttelte ihr langes, dunkles Haar und blickte ihn mit grünen, schwarzumrandeten Augen verführerisch an. HaBe war von der wunderschönen Frau, die jetzt Ähnlichkeit mit Schneewittchen aufwies, verzaubert.

»Ach, du liebe Güte, jetzt sagen Sie mal, wie sind Sie denn hier reingekommen?«

»Ich habe die angelehnte Tür für die Haustür gehalten.«

»So, so, Sie waren wohl letzte Nacht ein Gast im vegetarischen Restaurant?«

»Ja, ein Viertel der Nacht«, erwiderte HaBe kleinlaut.

»Na gut, wenn das so ist, dann bekomme ich für die Sitzung nur den halben Preis, also 400 Euro. Ist das so für Sie in Ordnung?«

Er war immer mehr von ihrer Schönheit fasziniert. Aber er hatte zugleich das Gefühl, dass eine Teufelin vor ihm stand, der er nicht widerstehen konnte. Wortlos holte er seine Kreditkarte heraus. Schneewittchen grapschte nach der Karte und verschwand in einem der hinteren Zimmer. Auch hier bekam er einen Abbuchungsbeleg und die Kreditkarte zurück. Der Rechnung, die sie ihm übergab, entnahm er: Sanitätshaus ER-WINN, 40 Pakete

Inkontinenz-Windeln à Euro 10,00, insgesamt Euro 400,00. Betrag dankend erhalten.

Schneewittchen blickte ihm tief in die Augen und lächelt ihn geheimnisvoll an.

»Also, ich heiße Iris. Und wenn du mal Lust hast, mein Sklave zu sein, werde ich dir eine Behandlung nach deinen Wünschen zukommen lassen. Hier ist meine Visitenkarte.«

Sie begleitete ihn zur Tür, gab ihm zum Abschied die Hand und mit der anderen drückte sie den Türöffner.

Beim Hinausgehen war er so verwirrt, dass er devot hauchte: »Vielen Dank, Herrin.«

Geschwächt und langsam ging HaBe die Treppe hinunter. Vorsichtig öffnete er eine Tür, um sich zu vergewissern, was sich dahinter verbarg. Er sah eine Straße mit Bäumen und die Sonne, die ihm ins Gesicht strahlte. Der wolkenlosen Himmel und die angenehme warme Luft inspirierten ihn zu einem Spaziergang nach Hause. Gemächlich schlenderte er vom Westend über die Hauptwache zum Main.

Als er sich dem Dom näherte, verspürte er den Drang hineinzugehen, um zu beten und einen Obolus zu entrichten. Mit leisen Schritten und gefalteten Händen ging er in den Dom. Er setzte sich auf eine der Kirchenbänke und lauschte andächtig der Orgelmusik. In seinen Taschen kramte er nach ein paar Euros, um sie in den kirchlichen

Opferstock zu werfen. Aber er fand keine einzige Münze. Enttäuscht und reuevoll schritt er zum Altar. Ihm folgte ein in einen schwarzen Talar gekleideter Diener Gottes.

»Mein lieber Sohn, ich sehe du möchtest unserem Herrn etwas spenden. Wenn du mir folgst, können wir ihm deine Kreditkarte zeigen und du nennst ihm den Spendenbetrag.«

Widerspruchslos folgte HaBe dem Diener Gottes in einen kleinen Raum.

»Lieber Bruder, welchen Betrag möchtest du denn unserem Herrn spenden?«

HaBe schämte sich sehr, denn sein Monatsbudget war bereits erschöpft. Nach einigem Nachdenken lächelte HaBe den Diener Gottes an und entgegnete ihm: »An fünfzig Euro habe ich gedacht.«

Gierig nahm der Gottesdiener ihm die Karte aus der Hand und zog sie durch das Kreditkarten-Gerät. Er händigte ihm eine Spendenquittung aus und gab die Kreditkarte zurück.

»So, mein lieber Bruder, jetzt kannst du mit reinem und gutem Gewissen zu unserem Herrn beten.«

HaBe setzte sich wieder auf eine der Kirchenbänke. Er faltete die Hände, hob seinen Blick zur Domkuppel hinauf und dann hinunter auf die Spendenquittung. War es der Weihrauch oder die Spendensumme von fünfhundert Euro, die ihn schwindlig werden ließ? Er betete: »Lieber Gott, habe Mitleid mit einem gelegentlich trinkenden Christ, sonst werde ich bald ein gläubiger Buddhist.«

# Blue Sea Lounge

HaBe schob die kürzlich gekauften Bücher, die auf seinem Schreibtisch lagen, zur Seite und schaute auf seinen Terminkalender. Ein Steuerberatertermin, mit Joschka spazieren gehen, im Jazz Café Dieter treffen und um neunzehn Uhr die Eröffnung eines neues Szenelokals in der Innenstadt besuchen – das waren die heutigen Termine. Die Einladungskarte des vor kurzem eröffneten Lokals *Blue Sea Lounge* leuchtete auf seinem Schreibtisch in maritimen Farben.

Gegen Mittag klingelte er bei seiner Nachbarin Sandra, um Joschka zum Spaziergang abzuholen. Kaum hatte Sandra die Tür geöffnet, sprang Joschka schon an ihm hoch und wedelte vor Freude mit dem Schwanz. Sandra teilte ihm mit, dass sie heute Abend mit einer neuen Freundin auch zur Eröffnung der *Blue Sea Lounge* gehen wolle. Auf Sandras Freundin war HaBe natürlich neugierig. Mit Joschka ging er gelassen zum Mainufer. Er spazierte mit dem Hund bis zum Städel-Museum. Auf dem Heimweg kam er am Jazz Café vorbei. Dort saß bereits Dieter, der auf ihn wartete.

Am frühen Abend zog HaBe seinen dunkelblauen Anzug an und legte einen blaugemusterten Seidenschal um. Geschirrklappern kam aus der Küche und Essensgerüche. Dann hörte er auch schon Annas Stimme: »Hast du Lust, eine Kleinigkeit mit mir zu essen?«

Mit einem Blick auf seine Armbanduhr rief er Anna zu: »Okay, Anna-Schatz, dann stelle mir bitte einen Teller auf den Tisch, aber bitte nur mit der halb so großen Portion wie du sie hast.«

Anna war seine korpulente Mitbewohnerin und immer neugierig. Sofort wollte sie wissen, wohin HaBe heute so elegant gekleidet hingehen wolle. Er hatte keine Lust, mit Anna darüber zu reden, bedankte sich bei ihr und sah erneut auf seine Uhr. Er wünschte ihr noch einen schönen Abend, denn sie hatte vor sich mit ihren Freundinnen in einem Weinlokal zu treffen. Schnell verabschiedete sich HaBe und ließ die Haustür laut ins Schloss fallen.

HaBe spazierte gemütlich über den Eisernen Steg und brachte zunächst seinem Steuerberater noch einige Unterlagen vorbei, dann schlenderte er gut gelaunt durch die Stadt. Als HaBe in die Kaiserhofstraße einbog, sah er im Abendlicht auf der Straße zwei große Palmen im Kübel stehen und einen rot ausgelegten Teppich leuchten. Die hübschen Mädchen in Matrosen-Kostüme gekleidet kontrollierten an der Eingangstür die Einladungen. HaBe zeigte seine Karte freudig erregt vor. Danach durfte er das neu eröffnete Lokal betreten, wobei ihm eines der schönen Matrosen-Girls ein undefinierbares Begrüßungsgetränk mit den Worten überreichte: »Ahoi, Kapitän, und einen schönen Abend.«

Das Lokal war im maritimen Stil dekoriert. Die Kellnerinnen servierten die Cocktails *Tiefseetaucher* und *Leichtmatrose*, wie die Gäste einer großen Tafel entnehmen konnten. Eines der Mädels, dessen Augen so türkis wie das Mittelmeer blitzten, fragte ihn, welchen Cocktail er denn wünsche.

»Sag mal, gibt es in Eurer Hafenkneipe auch was für richtige Seeleute? Zum Beispiel ein Glas Bier?«

»Aber klar, Kapitän!«, erwiderte die schöne Matrosin und verschwand hinter der Bar.

Das Bier kam und bald auch Sandra mit ihrer Freundin. Sie stellte ihre Freundin als Annette vor. Annette war außergewöhnlich gut gekleidet und die langen blonden Locken fielen ihr ins Gesicht. HaBe mochte ihr lustiges Gerede. Beim längeren Smalltalk stellte sich heraus, dass sie jüngere Männer bevorzugte. Über Geld, ein Haus und einen alten, abgelegten Ehemann verfügte sie bereits. An der Bar lümmelte sich eine Gruppe junger Männer, die einen beruflich erfolgreichen Eindruck machten und Sex wohl als ein ausschweifendes Hobby betrachteten. Sandra und Annette schauten schon interessiert in die Richtung. Sie prosteten sich zu und bald darauf näherten sich zwei der jungen Männer. HaBe, bereits deutlich über dem hier üblichen Verfallsdatum, überlegte, ob er vielleicht wirklich schon zu alt für diese Art von Party sei. Aber seine Gedanken wurden durch das Erscheinen von Mattes und Thorsti unterbrochen. Mattes, der in einer Konzertagentur arbeitete, grinste HaBe an: »Na, HaBe, wann beehrst du mich mal wieder mit deinem Grauen, damit ich dir Karten für ein Konzert geben kann?«

»Oh, nochmals vielen Dank, dass du mir und einer Freundin den Gefallen getan und uns zum Konzert von Paul Potts die Eintrittskarten sogar geschenkt hast.«

»Ist mir doch eine Freude, und so soll es auch bleiben.«

»Paul Potts«, rief Thorsti erstaunt und erschrocken aus.

»Du als alter Rocker gehst in ein Konzert von Paul Potts? Oder werden jetzt die alten Rocker lahm oder zahm?«

»Warum soll ich einer Freundin nicht einen Gefallen tun? Schließlich musste ich mir ja nicht Hansi Hinterseer anhören.«

»Na, gut. Ich war ja auch unlängst auf einem Konzert von Santiano«, erwiderte Thorsti kleinlaut.

Thorsti war heute in seinem Element, denn hier gab es Cocktails umsonst. Mattes zog Thorsti am

Ärmel und bemerkte süffisant: »Lasst uns doch heute lieber mal ein paar nette Mädels suchen.«

Daraufhin verschwanden sie und ließen HaBe stehen. HaBe bestellte ein zweites Bier und richtete seinen Blick auf den Eingang.

Wie ein Schauspieler, der seinen Einsatz auf der Bühne fast verpasst hätte, schritt – in einem viel zu großen Hawaii-Hemd – der »Möchte-gern-Schriftsteller Kafka«, wie er sich selbst nannte, herein. Er zeigte keine Einladung vor, sondern flüsterte den Mädels irgendwas zu und kam anschließend gestikulierend auf HaBe zu.

»Hallo, wie bist du denn hier so schnell reingekommen?«

»Ganz einfach, ich sagte zu den Matrosen-Girls: ›Ich habe gehört, es gibt heute Abend in der *Blue Sea Lounge* alles, von Kokain bis zu Geschlechtskrankheiten‹. Die Mädels waren so geschockt, dass sie mich sofort passieren ließen, um mich schnell los zu werden. Eines der Mädchen wollte mir dann noch eine Plörre als Begrüßungstrunk geben, aber ein Whisky wäre mir lieber gewesen.«

»Aber meistens öffnest du doch nur die Bordelltüren. Denn da brauchst Du doch keine Einladung.«

»Ne, ne, in meinem Alter muss ich mich und meinen Geldbeutel schonen und deshalb öffne ich am liebsten zurzeit nur die mir bekannten Bar-Türen,« gab Kafka ganz pikiert zurück.

Kafka, der meistens pleite war, begutachtete mit einem spöttischen Lächeln HaBes frisch gezapftes Bier. Für HaBe bedeutete dies, dass er ihm ein Bier auszugeben habe. Nur auf seine Lästergespräche hatte HaBe keine Lust. Da wanderte sein Blick zur Seite und blieb bei den zwei am Nebentisch stehenden Mädchen hängen. Diese schauten ihn mit großen Augen an und sagten im Chor: »Kafka ist ein toller Schriftsteller und Frauenversteher, aber wer bist denn du?«

Kafka, der seinen Namen hörte, ging gleich auf sie zu und quasselte los. Als aber HaBe hörte, wie Kafka von seinen neuesten Kunstprojekten erzählte und von einer Ausstellung in einem exklusiven Herrenclub prahlte, gesellte er sich vorerst wieder zu ihm. Er hörte Kafka halbherzig und im Ton gespielter Gleichgültigkeit zu. Die beiden Mädchen waren von Kafkas Geschwätz begeistert und würdigten HaBe keines Blickes. Darauf flüsterte HaBe Kafka ins Ohr: »Von den Kleinen bekommst du heute weder Koks noch Sex.«

Kafka schaute HaBe grimmig an und trank schnell sein Bier aus. Dann wandte er sich ab und zog mit den zwei Mädels davon.

»Na, wenn das so ist und die jungen Damen sich heute von mir abwenden, werde ich wohl den Rest des Abends nur Beobachter dieser Ereignisse werden«, waren HaBes Gedanken. Er bestellte erneut ein Bier und ließ seinen Blick durch die üppige maritime Dekoration schweifen. Plötzlich war er wie elektrisiert, als eine gutaussehende Frau mit dunklen, zurückgesteckten Haaren, im schwarzen Kostüm und mit einer kleinen Chanel-Tasche über der Schulter wohlduftend an ihm vorbei ging. Mit ihren hohen Absätzen, erschien sie ihm größer als er selbst. Ihr folgte ein gutaussehender Mann mittleren Alters. Das attraktive Paar faszinierte ihn. Sie stellten sich in Sichtweise an einen der Stehtische und begannen heftig zu diskutieren. Oder war es mehr Streit? Die junge Bedienung stellte den beiden wortlos einen Prosecco in der Dose mit Strohhalm auf den Tisch. Beide tranken widerspruchslos. Der Mann versuchte den Arm um sie zu legen, doch sie wich gestikulierend zurück. HaBe konnte den Blick nicht von den beiden wenden und versuchte in der Geräuschkulisse ein paar Wortfetzen aufzuschnappen. Da kam Ilona, eine nicht mehr junge Frau aus dem Bekanntenkreis seines Sachsenhäuser Stammlokals, mit einem jüngeren Mann auf ihn zu. Sie schwärmte HaBe sofort von ihrem neuen Liebhaber vor, wandte sich diesem augenzwinkernd zu und verschwand wieder mit ihm.

»Seltsam«, dachte HaBe, »dass alle Frauen jüngere Männer zur heutigen Party mitbrachten. War er auf der falschen Party oder mutierte er bereits zum Senior, wie sein Freund Karli immer behauptete?« Auf die Lebensprahlerei hatte er keine Lust mehr und überlegte, ob er ein weiteres Bier im *Alten Haus* mit Gleichaltrigen trinken sollte. Er schlenderte auf die Terrasse des Lokals, um sich beim Leeren des Glases die Zeit mit dem Anblick der ankommenden Gäste zu vertreiben. Plötzlich hörte er Reifen quietschen und sah ein farbenprächtiges Fahrrad, das direkt vor der Eingangstüre hielt. Er erkannte Axel als Fahrer. Dieser stieg schwungvoll von dem Rad ab und schloss es an einer der vor der Tür stehenden Palmen an. Gestikulierend versuchte er sich Einlass zu verschaffen. Offensichtlich halfen hier weder seine langen, ergrauten Haare noch das rote Stirnband und die orientalisch anmutende Karnevalsverkleidung, die ein Künstlertum vortäuschen sollten, um sich Eintritt zu verschaffen. Das machte keinen Eindruck auf die Empfangsdamen und sie winkten hoheitsvoll ab. Außerdem baten sie ihn, er möge sein Rad sofort von der Palme entfernen. Axel riss energisch und widerwillig sein Fahrrad von der Dekoration weg, so dass die Palme samt Topf umstürzte und die Erde sich auf den roten Teppich ergoss. Dann fuhr er schimpfend davon. HaBe musste schmunzeln, denn Axel sorgte immer für besondere Auftritte.

Langsam schlenderte HaBe wieder in das Lokal zurück, um auf das interessante Paar einen Blick zu werfen. Aber er sah, dass die schöne Frau allein am Tisch stand und lustlos an ihrem Strohhalm kaute. Regungslos blieb HaBe stehen. Erinnerungen an vorangegangene Beziehungen wurden ihm in seiner Einsamkeit bewusst. Er stellte sich wieder an die Bar und beobachtete die schöne Unbekannte. Sie nahm plötzlich Blickkontakt mit ihm auf und lächelte. Irritiert und unsicher starrte HaBe zurück. Nach einem weiteren Schluck Bier war er der Meinung, er müsse höflich zu ihr hinüberschauen. Die unbekannte Schöne strahlte ihn weiter an und ihr Lächeln wirkte geheimnisvoll. »Jetzt bleibe ich erst mal hier«, beschloss er.

Da kam Lilli bestens gelaunt, auch sie mit einem wesentlich jüngeren Mann, der sein langes Haar zu einem Pferdeschwanz gebunden hatte, auf ihn zu. Soll ich jetzt gemütlich bis zum Tode warten oder mich gleich erschießen, überlegte HaBe beim Anblick dieses jungen fröhlichen Mannes. Lilli stellte ihn als Inot, einen schwedischen Rocksänger, vor. Sie ließ HaBe gar nicht zu Worte kommen, aber er hatte auch nichts zu berichten, dachte er. Anschließend verschwand sie theatralisch und zerrte Inot hinter sich her. Vorsichtig schaute HaBe zu der unbekannten Frau hinüber. Ihr Begleiter war immer noch nicht zurückgekehrt und sie bestellte sich bei der Bedienung den Cocktail *Tiefseetaucher*. HaBe schaute sich noch einmal wachsam um. Seinen Blick richtete er in Richtung Toilettenräume, aber er konnte den entsprechenden Begleiter nicht entdecken. Sie lächelte ihn weiterhin an. Ruhig und geduldig zu bleiben, beschloss er, denn sein Gefühl sagte ihm, das dieses Lächeln die Einladung zu einem Gespräch sein könnte.

Er mochte ihrem charmanten Lächeln nicht mehr widerstehen und ging leichten Schrittes auf sie zu. Als er vor ihr stand, sagte sie mit einer angenehmen dunklen Stimme: »Hallo, wie gefällt es Ihnen denn hier? Haben Sie das Lokal vorher schon gekannt?« HaBe war über ihre direkte Art verblüfft.

»Ja, ja, ja«, stotterte er, »ganz gut, nein, doch, ich wollte sagen…«

»Sind Sie aus Frankfurt?«

»Ja, nein, ich bin aus…«

»Das ist ja heute so ein richtig schöner Abend. Kennen Sie viele Leute hier? Ich kenne niemanden. Mein Freund musste zu seiner Ehefrau nach Hause fahren, da sie heute Geburtstag hat.«

Langsam gewann HaBe seine Sicherheit wieder und schaute ihr tief in die wunderschönen grünen Augen. Bevor die beiden sich weiter näherkommen konnten, kam Sandra vorbei und betrachtete sogleich sein Gegenüber: »Du hast dir ja ein gutes Modell über den Tresen gezogen«, gab sie quietschend fröhlich von sich.

Sichtlich peinlich berührt errötete er und brachte kein Wort mehr heraus. Darauf gab die

Unbekannte Sandra die Hand und sagte: »Hallo, ich bin Patricia.«

Sandra stellte ihre Freundin Annette und ihre Freunde Timmi und Udo vor. Sie quatschten alle miteinander, als wären sie bereits jahrelang befreundet. HaBe hörte ganz sprachlos zu. Als dann noch die Verbrüderung der Fünf stattfand, bestellte er sich auch einen *Leichtmatrosen*. Die Bedienung kam mit einem Cocktail und entschuldigte sich, dass sie versehentlich einen *Tiefseetaucher* mitgebracht hatte. »Für Cocktails bin ich doch wohl zu alt«, sinnierte er, denn zwischen *Tiefseetaucher* und *Leichtmatrose* kannte er den Unterschied nicht. Nur Bier und Wein konnte er auseinanderhalten. Alle schlürften die Cocktails und die Augen der Unbekannten strahlten. HaBe empfand sich in dieser Gruppe als völlig überflüssig. Aber das himmlische Lächeln von Patricia hielt ihn gefangen. Nachdem der Diskjockey jetzt die Musik aufgedreht hatte, füllte sich die Tanzfläche. HaBe blieb unbeweglich an der Bar stehen. Patricia wurde derweilen von einem unbekannten Mann auf die Tanzfläche gezogen.

Nach einer Weile kam Patricia wieder zu HaBe zurück. Mit einem Blick auf die tanzende Sandra wollte Patricia von ihm wissen: »Sag mal, ist die lustige Frau deine Tochter?«

»Nein, nein, das ist meine Nachbarin.«

Lilli erschien wieder mit Inot, redete ohne Punkt

und Komma und begrüßte Patricia wie eine alte Freundin.

»Sag mal, ist euer älterer Freund immer so schweigsam?«, wollte Patricia von Lilli wissen.

»Normalerweise nicht. Vielleicht macht ihn der Neumond so schweigsam oder er ist von der letzten Nacht noch angeschlagen.«

Jetzt nahm HaBe seinen ganzen Mut zusammen und er wandte sich an Patricia.

»Ihren Namen habe ich ja nun schon erfahren. Jetzt möchte ich mich auch mal vorstellen. Ich heiße Hanns-Bernd.«

Lilli, die dies hörte, musste laut lachen und schaute HaBe belustigt an.

»HaBe, was ist denn heute mit dir los, dass du dich heute so seltsam benimmst?«

»Was soll mit mir los sein?«, konterte HaBe.

»Sonst holst du immer wortgewaltig aus um zu erklären, warum du dich HaBe nennst.«

»HaBe hört sich viel erotischer an als Hanns-Bernd«, warf Patricia ein und schaute ihm tief in die Augen. Bei diesem Blick fühlte er, dass das sie die richtige Frau für ihn war.

»Ich komme aus Berlin, wohne aber jetzt in Frankfurt«, setzte sie das Gespräch fort.

»Was machst du so beruflich hier in Frankfurt?«

»Ich bin Flugbegleiterin.«

»Und was machst du denn so?«, wollte Patricia neugierig wissen.

»Meine Karriere ist ein wenig verjährt«, gab er leise zur Antwort. Patricia zog langsam an ihrem Strohhalm und schaute ihn dabei hilflos an. HaBe prostete ihr vorsorglich erst einmal zu.

»Darunter kann ich mir zwar nichts vorstellen, aber was treibst du denn noch so?«

»Ich versuche mich als Schriftsteller.«

»Schriftsteller, das ist ja interessant«, sagte sie begeistert. Daraufhin schaute HaBe erst einmal verschämt in eine andere Richtung, denn Schriftsteller hörte sich ja wirklich gut an. Und schon bekam er die Bestätigung:

»Ja, das hört sich ja toll an. Wie viele Bücher hast du denn schon geschrieben?«

»Nein, nein. Ich habe noch nicht viel geschrieben, nur eine Geschichte, die in einer Anthologie veröffentlicht wurde.«

»Das ist ja toll, das Buch musst du mir unbedingt geben.«

»Aber gerne«, gab HaBe stolz zurück.

Patricia schmiegte sich mit einer Vertrautheit an HaBe und legte ihren Arm um ihn.

Plötzlich erblickte HaBe auf der Tanzfläche Lucian. Seine Freunde nannten ihn Luzifer. Er sah teuflisch gut aus, konnte teuflisch viel trinken, teuflisch gut tanzen und alle Damen schwärmten von diesem Teufel. HaBe hatte kein gutes Gefühl mehr, als er Lucian sah. Er schlug Patricia vor, in einem anderen Lokal einen Drink zu nehmen.

Aber es war zu spät. Lucian kam schon mit seinem teuflischen Lächeln auf HaBe und Patricia zu. Charmant stellte er sich Patricia vor und hatte für HaBe nur ein müdes »Hallo« übrig. Es gab eine kurze schnelle Unterhaltung, bevor Lucian im Ton höchster Gleichgültigkeit einen Drink bestellte, ihn zügig austrank und schließlich Patricia auf die Tanzfläche zog. HaBes Lippen verzogen sich zu einem bitteren Lächeln und er schaute ihnen wütend nach. Er überlegte, wie er diesen Burschen los werden könnte. Am liebsten würde er ihn erschießen, aber man war ja nicht im Wilden Westen. Er trank erst einmal sein Bier aus und nahm nochmal einen großen Schluck von dem süßen Cocktail. Irgendwie spürte er, dass der Abend aus dem Ruder laufen würde. Patricia und Lucian tanzten ausgelassen und für seinen Geschmack schon viel zu lange. Nach einer Weile konnte er sie auch nicht mehr entdecken. HaBe wartete weiter geduldig ihre Rückkehr. Aber sie kamen nicht. Den starren Blick auf die Tanzfläche gerichtet bestellte er sich ein weiteres Bier. Der frustrierende Anblick der Tanzenden trieb ihn wieder auf die Terrasse hinaus, wo er hoffte, dass sich hier noch etwas Spaßiges zu seiner Erheiterung ereignen könnte. Er sah nur, wie ein Taxi vorfuhr, aus dem keine Gäste ausstiegen und das stehen blieb. Dann traute er seinen Augen nicht: Patricia und Lucian stiegen in dieses Taxi ein.

HaBe ließ sein Glas Bier stehen und schwankte enttäuscht, mit Gewitterwolken tief im Herzen dem Ausgang zu. Dabei murmelte er immer wieder: »Ahoi, ahoi, ahoi!« In das nächste vorbeikommende Taxi stieg er selbst ein und ließ sich ins *Alte Haus* fahren.

# Die Vernissage

Hanns-Bernd schaute nochmals auf die Einladung zur Vernissage. In der Galerie, die in einem großen Hof hinter einer viel befahrenen Straße lag, brannte noch kein Licht. Auf dem Hof erspähte er einige Autos, die hier parkten. In einer Ecke stand ein Mann und rauchte. Der machte den Eindruck, als ob er nicht angesprochen werden wollte. Durch die Glasscheibe der Galerie konnte Hanns-Bernd erkennen, dass sich dort das Personal bewegte. Nach mehrmaligem Anklopfen an der Glasscheibe, öffnete die Galeristin.

»HaBe, mein Lieber, du bist der erste Gast, und deshalb müssen wir jetzt zusammen einen Cognac trinken. Außerdem habe ich heute Geburtstag.«

Höflich gratulierte HaBe Frau Lange. Sie gingen in den hinteren Teil der Galerie. Eine Angestellte sortierte hier Gläser und Flaschen und stellte sie auf einer weißgedeckten Theke ab. Frau Lange schenkte den Cognac in zwei Gläser, die sie schweigend austranken. Anschließend schaute sie auf ihre golden schimmernde Rolex-Armbanduhr, ging zum Stromkasten, schaltete das Licht ein und ließ die Galerie erstrahlen. Dann schlenderte sie wieder zu HaBe und teilte ihm fröhlich mit: »Anlässlich meines Geburtstages eröffnen wir später noch ein Büfett.«

Ein junger Mann mit einer blonden Lockenmähne stand hinter einer Musikanlage und ordnete konzentriert Schallplatten und CDs. Lilli, die Künstlerin der Ausstellung, begrüßte HaBe kurz, wandte sich aber sofort dem Discjockey zu und bat ihn: »Toni, bitte denke heute daran, dass du zum Anfang der Vernissage nur sakrale Musik mit wenig Lautstärke auflegst. Bitte verwechsele die Vernissage nicht mit einer Diskothek.«

»Lilli, gut dass du mich daran erinnerst. Fast hätte ich es vergessen«, antwortete Toni grinsend.

Die Ausstellung trug den Titel *Cross over*. Lilli stellte Bilder, gemalt in Öl und Acryl, sowohl mit gleichschenkligen als auch mit christlichen Kreuzen aus. Auf großen, weißen Säulen leuchteten mit Strass besetzte Totenkopf-Objekte in allen Farben.

Die Galerie füllte sich mit Publikum. Viele der Besucher waren in schwarzer Kleidung erschienen. Allerdings bemerkte der Galerist, dass einige Besucher nicht zu dem von ihm eingeladenen Publikum passten.

HaBe schlenderte zu dem blonden Discjockey hinüber, um sich dessen Musik-Sammlung anzuschauen, die er in mehreren großen Kästen erspähte. Mit großer Freude zeigte ihm Toni seine umfangreiche Platten-und CD-Sammlung von *AC/DC* bis *Led Zeppelin*.

»Leider darf ich heute diese Musik eigentlich nicht spielen, aber zu einem späteren Zeitpunkt werde ich sie doch auflegen«, flüsterte Toni und schüttelte seine blonde Lockenmähne.

Viki, die Inhaberin der *Premium-Bar*, betrat die Galerie. Sie hatte wie immer wenig Zeit, denn sie musste ihre eigene Bar bald öffnen. Auf hohen Absätzen tippelte sie zu Toni.

»Hallo, Toni, toll, dass du heute hier Musik auflegst. Aber Lillis neue Bilder gefallen mir gar nicht. Ich habe ihr schon oft gesagt, sie soll Engel malen.«

Bevor Toni antworten konnte, erschien eine schrille Blondine in einem grellfarbigen Kunstpelzmantel. Sie würdigte Viki keines Blickes, ging direkt zu Toni und erzählte ihm mit heiserer Stimme, dass ihr Liebhaber heute leider keine Lust verspürt hatte mitzukommen. Viki brachte mit dem Anflug eines Lächelns nur die Worte hervor: »Wo haben Sie denn dieses scheußliche Tier geschossen?« Toni grinste und schaute weiterhin auf seine Plattensammlung.

Die Galerie füllte sich mit weiteren Besuchern. Einige Gäste, die in monetärer Hinsicht besonders abgesichert wirkten, begrüßten die Inhaber der

Galerie herzlich. Nachdem der Galerist auch das Füllpublikum begrüßt hatte, bat er um Ruhe. In einer steifen Rede lobte er Lillis großartige Kunstwerke, forderte zum regen Kauf auf und kündigte eine Lesung mit Frankfurts Schriftsteller Wilhelm Feinwald an. Weiter erklärte er, dass Toni, ein bekannter Discjockey, ausgefallene Musik auflegen würde.

Für die meisten Besucher sind stets die Getränke das Wichtigste an einer Ausstellungseröffnung. So auch ein Gast, der unruhig von einem auf das andere Bein trat und murmelte: »Trockene Kunst und trockene Kehlen passen eben nicht zusammen!« Und damit drängte er sich durch die Menge der Gäste zu den Getränken vor.

Betrunken von der sakralen Musik oder von den vielen konsumierten Gläsern Rotwein schlich sich HaBe in die Galerieküche, in der Hoffnung im Kühlschrank ein kühles Bier zu finden. Eine Galeriemitarbeiterin bemerkte seine Suche.

»Wir haben hier genügend Rotwein, Weißwein, Wasser und Orangensaft«, gab sie HaBe zu verstehen.

»Na, gut, dann geben Sie mir noch einen Rotwein«, erwiderte HaBe lallend.

Schwungvoll öffnete sich wieder die Galerietür und der Schriftsteller Wilhelm Feinwald im langen schwarzen Mantel und mit großem Hut erschien. Seine Freundin trippelte hinterher. Mit

schwankendem Schritt folgte der Verleger Hänschen Prall.

»Wodka, endlich bist du da. Dein Wodka war-
tet schon auf dich«, rief ihm Toni humorvoll zu.
Wilhelm Feinwald wurde von seinen Freunden
und Feinden Wodka genannt, da er leidenschaftlich gerne Wodka trank.

Wodka bahnte sich den Weg durch die Besucher zu dem in der Mitte stehenden Tisch. Ehr-
furchtsvoll ging Herr Lange mit einer Wodkaflasche und einem Glas auf ihn zu und begrüßte ihn.
Dann wandte er sich nochmals mit den Worten an
die Besucher: »Soeben ist Frankfurts bekannter
Schriftsteller Wilhelm Feinwald eingetroffen. Er
wird aus seinem vor kurzem erschienenen Buch
*Die ramponierte Frau* lesen.« Die adrett angezogene
Freundin und der schwankende Verleger drapierten Wodkas Bücher auf dem bereitstehenden Tisch
und Hänschen Prall schob die sich bislang schlecht
verkaufenden Bücher nach vorne. Eine unbekannte Hand zerrte plötzlich ein Buch vom Tisch.

Herr Lange verschaffte sich mit heiserer Stimme
Gehör: »Meine Damen und Herren, da meine
Frau heute Geburtstag hat, lade ich Sie alle nach
der Lesung zu einem kleinen kulinarischen Ge-
nuss ein.«

Einige Gäste gratulierten Frau Lange, die Hung-
rigen dagegen schauten sehnsüchtig auf das Büfett.

Weitere Besucher drängten in die Galerie. Bei genauem Hinsehen konnte man immer mehr Gestalten entdecken, die aussahen, als seien sie vom Barhocker gefallen oder Stadtstreichern ähnlich.

Olli, ein Freund Wodkas, im karierten Hemd und mit blauen Arbeitshosen schaute über sein Glas Rotwein hinweg, leerte es dann in einem Zug und ging zielstrebig auf Wodka zu. Geschmeidig nahm er die Flasche Wodka vom Tisch und goss das Glas voll. Mit einem Zug trank er es aus und krähte laut: »Mein Arzt hat mir geraten, weniger Bier und Wein zu trinken. Prost!«

Wilhelm Feinwald, der wütend auf den verbliebenen Rest in der Flasche schaute, schrie ihn an: »Du abgebrochener Zwerg, wenn du noch einen Schluck aus meiner Flasche nimmst, rufe ich einen Therapeuten an und lasse dich in eine Irrenanstalt bringen!«

Daraufhin setzte sich Olli auf den Boden und gab Ruhe. Wodka zündete sich eine Zigarette an und nahm genüsslich einen großen Schluck Wodka. Ein ihm bekannter, farbiger Besucher, der die Flasche Wodka auf dem Tisch entdeckt hatte, trat auf ihn zu. In seiner Begleitung kam eine dünne, in Lila gekleidete Frau mit einem winzigen Kinderrucksack auf ihrem Rücken hinzu. Der Mann wollte von Wilhelm Feinwald wissen, wo es denn Wodka zu trinken gebe. Vorsichtshalber umklammerte Wilhelm Feinwald seine Flasche und wies mit einem Fingerzeig auf die Getränketheke. Daraufhin stellten sich der farbige Mann und seine Freundin in die Schlange der durstigen Besucher. Als sie endlich dran waren, bat er unwirsch: »Bitte zwei Gläser Wodka.«

»Leider haben wir für unsere Gäste nur Rotwein, Weißwein, Orangensaft und Wasser.«

Darauf zischte der farbige Besucher: »Bist du rassistisch?«

»Nein, wie kommst du denn darauf? Wir haben doch für unsere Gäste eine große Auswahl an Getränken«, entgegnete die Mitarbeiterin freundlich.

»Wieso hat denn der Feinwald eine Flasche Wodka auf seinem Tisch stehen?«

»Diese ist ausdrücklich nur für den vortragenden Künstler, weil er eine Lesung nur mit Wodka bestreiten kann.«

»Also bist du doch rassistisch«, fuhr der farbige Mann sie gereizt an.

»Hör mal zu, wenn dir die Getränke hier nicht passen, dann musst du dir einen anderen Ort oder eine Kneipe suchen«, gab die Mitarbeiterin unwirsch zurück.

Der Bekannte Feinwalds bemerkte, dass er mit seinen Rassismus-Vorwürfen nicht weiterkam und dass der einzig verfügbare Wodka stand, wo er hingehörte, nämlich in Greif- und Trinknähe von Wilhelm Feinwald. Letztlich entschied er sich für zwei Gläser Rotwein und reichte eines davon weiter an seine Gefährtin, die mit großen, runden und durstigen Kulleraugen neben ihm stand. Ein Gast, der hinter den beiden ungeduldig ausgeharrt hatte, drängelte um auch ein Glas Rotwein zu erhalten.

Robert Lange klopfte wieder an ein Glas und kündigte die Lesung an. Wodka schwankte bereits bedenklich auf dem Stuhl hin und her. Lallend und unverständlich las er schließlich aus seinem Buch. Sein Alkoholspiegel war ersichtlich hoch. Er hörte plötzlich auf zu lesen und zündete sich eine Zigarette an. Der neben ihm sitzende Verleger Hänschen Prall, der auch alkoholisiert wirkte, nahm mit zitternder Hand das Buch an sich. Nach mehreren Leseversuchen konnte auch er sich nicht mehr artikulieren. Die nahestehenden Gäste feuerten ihn mit unflätigen Worten an. Dann las er stotternd weiter.

Tom, auch Künstler und ein guter Freund Lillis, lauschte andächtig Hänschen Pralls Gestammel. Der neben ihm stehenden Frau mit einem Meer an vielfarbigen Locken, neun Zentimetern hohen Absätzen und einem Ausschnitt bis zum Bauchnabel flüsterte er ins Ohr: »Schlimmer kann es bei einer Bukowski-Lesung auch nicht zugegangen sein.«

Diese blickte ihn fragend an und entgegnete

ihm mit quietschender Stimme: »Für 'ne schnelle Nummer für dich hundert Euro.«

Während der Lesung Hänschen Pralls und der Zwischenrufe der Gäste ging lautstark die Galerietür auf und HaBes Nachbarin Sabine Smith-Sehring kam mit einem bellenden Hund herein, der sofort sein Bein an einer der weißen Säulen hob. Mit einem ausgedehnten »Haaallooo« und dem Wort »Hunger« begrüßte sie HaBe. Stumm deutete HaBe mit einem Finger auf das Büfett.

Aufgrund des hohen Alkoholkonsums der Vorlesenden konnte die Lesung nicht fortgesetzt werden. Ein konzertantes Geschnatter setzte ein.

Lilli begrüßte derweilen André Lasten, einen jüdischen Kunstsammler. Beim Anblick der vielen großformatigen Kreuze fehlten ihm die richtigen Worte. Schließlich sagte er ihr leise ins Ohr: »Deine Kreuze sehen alle so aus, als hättest du sie bereits weggeworfen.«

Lilli schaute ihn böse an. Daraufhin nahm er Lilli in den Arm, tätschelte ihre Hand und drückte sie freundschaftlich.

»Du hast bestimmt noch andere Bilder in deinem Atelier?«

Lilli nickte versöhnlich und lächelte ihn wieder an. Daraufhin verabschiedete sich André Lasten. Beim Verlassen der Galerie hielt Herr Lasten einem verlottert aussehenden Mann die Tür auf. Richard Nelbach war ein intellektueller Vernissage-Säufer. Schwankend betrat er die Galerie. Unter dem Arm trug er mehrere Zeitungen. Sie dienten ihm gelegentlich als Schlaf- oder Sitzgelegenheit. Als Herr Lange den Gast erblickte, eilte er sofort auf ihn zu, denn der war in Frankfurt als Vernissagen-Schnorrer bekannt und hatte deshalb in allen Frankfurter Galerien Besuchsverbot. Diskret forderte Herr Lange ihn auf, die Galerie zu verlassen. Herr Nelbach bahnte sich unbeeindruckt einen Weg durch die Besucher und pöbelte laut: »Das ist doch eine öffentliche Vernissage, zu der alle ungebildeten Affen Zutritt haben, oder?«

Herr Lange holte eine Flasche Rotwein, gab sie ihm und bat ihn höflich: »Herr Nelbach, bitte nehmen Sie diesen Rotwein und trinken Sie die Flasche an einem Ihnen genehmen Ort aus.«

Herr Nelbach schimpfte laut, gab noch einige Unflätigkeiten von sich, nahm dann aber doch langsam die Flasche und verließ beleidigt schleppenden Schrittes die Galerie.

Plötzlich tat es einen Schlag. Der Lesetisch mit den Büchern und der Wodkaflasche war zu Boden gefallen. Rotwein ergoss sich über die weiße Bluse von Wodkas Freundin. Olli lag weiterhin schlafend in einer Ecke. Eine dicke Blondine mit verrutschtem Netzstrumpf hielt ein Glas hoch und lallte: »Na sdorówje, na sdorówje!«

Herr Lange fühlte sich von diesen peinlichen Ereignissen überfordert. Es sollte doch ein schöner Geburtstag für seine Frau und eine großartige Vernissage werden.

Herr Lange erblickte in der Nähe des Büfetts ein Mann mit einem schwarz-weiß-karierten Hemd und einer stinkenden Hose. Dieser hatte offensichtlich die Vernissage mit einem Saufgelage im Obdachlosenasyl verwechselt. Frau Lange war das alles nicht geheuer und sie raunte ihrem Mann zu: »Robert, wer hat denn diese Leute aus der Unterschicht eingeladen?«

In dem Augenblick, in dem sie den Satz beendet hatte, verlor ein betrunkener Gast, der sich ein Canapé hatte greifen wollen, den Halt und fiel auf das Büfett. Dieses kippte mit all den kulinarischen Leckerbissen um. Frau Lange, die einiges retten wollte, rutschte dabei auf dem am Boden liegenden Krabbensalat aus und fiel mit dem Gesicht in den Gurkensalat. Ein Gast nahm sich einen Teller und nahm schnell die auf dem Boden liegenden Shrimps und Hähnchenschenkel. Hierzu gesellte sich der Hund Joschka und fraß gierig die kleinen Frikadellen. Nachdem das Raunen der Gäste verstummt war, breitete sich betroffenes Schweigen aus.

HaBe, der alles beobachtet hatte, konnte sich nicht entscheiden, ob er Mitleid haben oder sich amüsieren sollte. Er gesellte sich wieder zu Toni. Inzwischen hatte auch Toni keine Lust mehr auf sakrale Musik und spielte *AC/DC*. Dabei drehte er vergnügt die Lautstärke auf. Herr Lange schrie derweilen den Gästen mit heiserer Stimme etwas Unverständliches zu.

Lilli, die mit Wini, einem guten Freund, flirtete, kümmerte das Geschehen wenig. Wini signalisierte ihr, dass er auch mächtigen Hunger habe. Sie schritten, wobei Wini wegen der vielen Gläser Wein, die er schon getrunken hatte, taumelte, zu dem am Boden liegende Büfett, nahmen sich Gabel und Löffel und versuchten, auf dem Boden sitzend, zu essen. Plötzlich erbrach sich Wini über Lillis langen schwarzen Rock. Vor Entsetzen schrie sie auf und eilte in Galerieküche, um den Rock zu reinigen. Stürmisch öffnete sie die Tür, so dass dem dahinterstehenden Gast das Kokain vom Spiegel fiel.

»He, Lilli, kannste nicht aufpassen, jetzt liegen fünfzig Euro auf dem Boden und so eine lange Nase habe ich nicht.«

Um den stinkenden Geruch auf Lillis Rock zu beseitigen, nahm Peter ein Küchentuch und versuchte das Erbrochene von dem Rock zu wischen.

Viki, die unbeteiligt von dem Geschehen sich mit einem Gast aus ihrer Bar angeregt unterhielt, fand das alles nicht sehr amüsant und bemerkte zu den Umstehenden:»Ich habe bei mir in der Bar schon vieles erlebt, aber so ein scheußliches Chaos noch nie. Außerdem würde ich schlecht gekleidete Leute erst gar nicht in meine Bar lassen. Dafür bezahle ich schließlich einem Türsteher viel Geld.«

Angewidert wandte sie sich zum Gehen, warf dabei Herrn Lange noch einen bösen Blick zu, zog ihren Mantel enger um die Schulter, verabschiedete sich von Toni und HaBe und schlug die Galerietür mit einem lauten Krach hinter sich zu.

Das Gesicht Herrn Langes war inzwischen rot angelaufen und seine Frau, die unappetitlich aussah, schrie: »Feierabend, bitte gehen Sie!«

Durch die laute Musik war kaum noch eine Unterhaltung möglich. Die Besucher der Vernissage mussten schreien um sich verständlich zu machen. Toni fand an der verworrenen Situation Vergnügen. Solange ihm niemand seine Anlage demolierte, kannte er nur unendlichen Spaß und kramte weiter in seiner CD-Sammlung. Er legte einen Song von *Led Zeppelin* auf und drehte seine Sound-Anlage lauter. Einige Leute tanzten und sangen lauthals *Highway to hell* mit. HaBe war begeistert von der Musik und grinste über die aus dem Ruder geratene Vernissage. Nur würde er gerne ein Bier trinken. Eine Frau, die neben Toni gestanden hatte, ging grußlos und pikiert mit einem Glas Rotwein in der Hand aus der Galerie.

Auch einige andere Gäste verließen die Galerie. Wodka, der wieder auf seinem Stuhl saß, war außer sich, dass die Flasche Wodka verschwunden war. Olli lag regungslos auf dem Boden und schnarchte. Herr Lange schien am Ende seiner Kraft zu sein. Um die verbliebenen, größtenteils betrunkenen Gäste und die heruntergekommene Barhockerhundertschaft loszuwerden, übergab er einigen Flaschen Wein und bewegte sie damit, die Galerie zu verlassen.

Lilli packte den schlafenden Olli an seinen Beinen, zerrte ihn aus der Galerie und legte ihn auf das Steinpflaster. Olli, der das kraftlos mit sich machen ließ, holte tief Luft und hob ihren langen schwarzen Rock hoch.

Vor lauter Schreck gab Lilli ihm einen kräftigen Tritt und eilte in die Galerie zurück. Toni, der an der Wand lehnte, rauchte genüsslich einen Joint und hörte begeistert dem Song *Is all over now* zu.

# Gespräche im Museum

Die Eröffnungsrede im Museum war bereits beendet, als Bettina und HaBe dort ankamen. Viele stadtbekannte Vernissage-Besucher und aufgedonnerte weibliche Wesen waren bereits mit Weintrinken beschäftigt. Bettina und HaBe schlenderten durch die Menschenmenge und trafen Ardi, Frankfurts charmantesten Paradiesvogel. Ardi schaute verzückt auf die großen bunten Kunstwerke und Skulpturen. Ein Fotograf fotografierte ihn und wandte sich dann weiteren Besuchern zu.

Ardi strahlte und bemerkte beeindruckt: »Das sind ja wunderbare, aber extrem große Kunstwerke, die leider nicht in mein Loft passen.«

»Aber du hast ja wenigstens die Kohle, dir kleinere Kunstwerke vom Künstler kaufen zu können«, erwiderte HaBe neidisch. Ardi grinste schelmisch und verschwand im Getümmel.

Bettina und HaBe drängten sich durch das Publikum und ergatterten zwei Gläser Wein. Wie ein Derwisch mit einem ekstatischen Wirbeltanz tauchte plötzlich aus der Menge der Besucher der

Schriftsteller Wodka Feinwald auf. Mit geschickten Griffen nach mehreren Gläsern Wein gesellte er sich zu den beiden. Er trank zügig aus.

»Hei, HaBe, wie geht es denn so? Habe lange nichts von dir gehört, noch gesehen. Was macht die Schreibkunst?«

»Wodka, ich bin zurzeit anderweitig beschäftigt.«

»Wie man sieht«, erwiderte er mit einem Blick auf Bettina.

»Trotzdem kannst du mich mal wieder besuchen. Aber vergiss nicht eine Flasche Wodka mitzubringen.«

Andy, ein umtriebiger Vernissagen-Besucher, gesellte sich zu ihnen. Er trank schnell mehrere Gläser Wein, nahm einige Brezel und verließ dann blitzartig die Ausstellungseröffnung. Bella, die Romy Schneider sehr ähnelte und auch darauf bestand, dass ihr das jeder bestätigte, gesellte sich als Nächste dazu.

Durch die Menge der Besucher kam Lilli mit einem Herrn mittleren Alters. Er trug seine langen, dunklen Haare zusammengebunden. Bettina war von der üppigen Haartracht so beeindruckt, dass sie sofort von ihm wissen wollte, ob er Musiker oder Maler sei. Er entschuldigte sich mit den Worten: »Die Frisur hat mir meine letzte Freundin verpasst, denn wir hatten keine Kohle für den Friseur.«

»He, was heißt denn ›hatten‹? Habt ihr euer ganzes Geld verkifft?«, wollte Bettina wissen.

»Nicht alles. Aber vor einem halben Jahr hat sie mich dann gegen einen jungen Musiker mit kurzen Haaren ausgetauscht.«

Reflexartig wandte sich Bettina an Lilli: »Lilli-Schatz, du bist wenigstens deinem Beuteschema treu geblieben.«

Lilli stellte Kurt vor: ein sehr sympathisch wirkender Mann und offensichtlich ein Nichtkenner des Frankfurter Kulturlebens. Zwischendurch warf er immer wieder einen verschämten Blick auf die großformatigen Kunstwerke und die trinkenden Vernissage-Besucher. Im weiteren Gespräch stellte sich heraus, dass er ein Beamter war.

»Da geht es mir ja richtig gut, dass ich nicht mehr im Arbeitsleben bin und mich nur noch um mein Erbe und meine Mieter kümmern muss«, stöhnte HaBe.

»Mit Mietern muss ich mich auch rumschlagen«, gab Kurt zurück.

»Was meinst du denn mit Mietern?«, warf Bettina ein.

»Ich habe Eigentumswohnungen und alle sind vermietet.«

»Woher hast du denn die Kohle für Eigentumswohnungen?«

Kurt nahm einen großen Schluck Wein und antwortete: »Die Kohle hole ich mir von der verkehrten Seite meines Kontos.«

»Ich lasse lieber mein Geld arbeiten«, verkündete HaBe arrogant.

»Komisch«, stellte Kurt fest. »Geld habe ich noch nie arbeiten sehen.«

»Oh je, da ist ja kein Geld mehr für dich da!«, flötete Bettina und schaute Lilli mitleidig an. Lilli, die von der Kunst lebte, streichelte Kurts Arm und lächelte.

»Das macht nichts, ich habe ja von meinen letzten Bildverkäufen noch genug Geld.« Ihre Stimme verebbte. Sie schaute Bettina an, nicht feindlich, sondern verschlossen.

Lilli bat Kurt ein paar Gläser Wein zu holen. Kurt wurde ganz zögerlich und flüsterte ihr ins Ohr: »Ich habe nicht so viel Geld dabei! Nehmen die hier auch EC-Karten?«

Lilli gab leise zurück: »Wir dürfen bis zum Schluss der Vernissage so viel trinken, wie wir wollen und können. Wir sind hier im Museum und nicht in einer Kneipe!«

Beschwingt holte er daraufhin mehrere Gläser Wein und verteilte sie.

Tim, ein Freund Wodkas, bat inzwischen die Bedienung ihm eine Flasche Wein zu geben. Dem Wunsch wurde auch prompt entsprochen. Er nahm einen kräftigen Schluck aus der Flasche und verschwand mit dieser.

»Na, Lilli, jetzt musst du wohl deinen Champagner immer selbst bezahlen«, warf Wodka bissig mit Blick auf Kurt in die Runde. Wodka konnte Beamte nicht leiden. Es herrschte eisiges Schweigen. Bevor Wodka sich weiter über Kurt auslassen konnte, gab Lilli nachsichtig zurück: »Ich trinke im Moment keinen Champagner.«

Wodkas Mundwinkel zuckten amüsiert. Vor Jahren hatte er ein Buch mit dem Titel *Die faulen Beamten* geschrieben.

Zu Lilli gewandt gab Wodka süffisant zurück: »Du weißt doch, Sex mit einem Beamten ist genauso langweilig, wie Briefmarken lecken. Außerdem ist mehr Bewegung im Büroablagekorb einer Amtsstube als im Bett eines Beamten!«

»Mit Kurt bist du auf einer Vernissage immer gut aufgehoben. Denn hier sind die Getränke umsonst«, lenkte Bettina ein und lächelte Kurt an. Wodka blieb weiterhin zynisch, betrachtete Kurt mit grimmigen Blicken und zischte: »Bis so ein Beamter in Schwung kommt, hat Lilli eine Ausstellung konzipiert.«

Als Beamter hatte Kurt schon viele Beleidigungen über sich ergehen lassen müssen. Er rang erst nach Luft und sagte dann in einem versöhnlichen Tonfall: »Ich weiß nicht, was ihr gegen Beamte habt. Die tun doch gar nichts.«

Alle lachten, nur Wodka nicht. Bella nickte zustimmend und rief laut: »Prost!«

Dass Wodka heute einen Beamten treffen würde, für den die Lektüre aufklärend wäre, konnte er ja nicht ahnen. Mit finsterer Miene packte er aus seinen Jacken- und Manteltaschen deshalb seine Bücher aus.

»Also Kurt, ich habe hier ein paar Bücher für dich. Natürlich zum Sonderpreis.«

»Du musst schon meine EC-Karte durchziehen, ich habe nämlich kein Bargeld bei mir«, gab Kurt grinsend zurück.

»Ich habe auch nie Geld dabei. Deshalb versuche ich ja immer, meine Bücher an die umstehenden Leute zu verkaufen. Und ich signiere sie auch gleich. Weißt du, Salvador Dalí hatte ja auch immer ein kleines Bild zum Verkauf in seiner Manteltasche.

»Ein Dalí wäre mir allerdings lieber«, antwortete Kurt grinsend.

Wodka, der schon mehrere Gläser Wein getrunken hatte, aber noch keine Promille über seinem Normalpegel lag, schielte auf die neben ihm stehende Gruppe. Einen Mann und eine Frau quatschte er schließlich an, ob sie ein Buch kaufen möchten. Mit der Behauptung, dass man bereits ein Buch besitze, parierten beide Wodkas Attacke.

Daraufhin packte Wodka missmutig seine Bücher wieder in die Mantel- und Jackentaschen, trank hastig das Glas Wein aus und verabschiedete sich mit den Worten: »Also, Leute, ich gehe jetzt zu Babsi in den Puff. Da steht für mich noch eine Flasche Wodka. Ich muss mich beeilen, sonst trinkt sie den Wodka mit einem Freier aus.«

Er tastete nochmals Mantel und Jacke ab, ob alle Bücher wohl verstaut waren und schwankte davon.

Bettina verspürte auch keine Lust mehr den Museumswein zu trinken und signalisierte HaBe, dass sie gerne in die Brasserie gehen möchte. Lilli und Kurt aßen noch einige Brezel und tranken noch mehrere Gläser Wein. Lilli schmiegte sich an Kurt, gab ihm einen Kuss und flüsterte ihm ins Ohr: »Lass' uns jetzt auch gehen. Auf Briefmarkenlecken hätte ich gerade so richtige Lust.«

# Schopenhauers Geburtstag

Er trank gerne Wodka, deshalb nannten ihn seine Freunde, wie seine Feinde, die Nachbarn, sein Verleger und sonstige flüchtige Bekannte »Wodka«.

In einem mit üppiger Stickerei übersäten roten Kimono saß Wodka an seinem Schreibtisch. Abwechselnd schaute er auf die Schopenhauer-Büste, die vor ihm stand, und den Fernseher, der wie immer ohne Ton lief. Die für sein neues Buch bereits geschriebenen Textblätter schob er beiseite, stapelte ordentlich einige Bücher und begann Schopenhauers Aphorismen zu lesen. Er zündete sich eine Zigarette an und prostete mit einem Wodka der Schopenhauer-Büste zu:

*Ich blieb allein zurück in dem Gewimmel,*
*Zum Troste mir Dein Wort,*
*Zum Trost mir Dein Buch.*
*Durch Deiner Worte geisterfüllten Klang,*
*Sie mir alle fremd, die mich umgeben.*
*Die Welt ist nicht öde*
*Und das Leben manchmal nicht lang.*

Am zweiundzwanzigsten Februar ist Schopenhauers Geburtstag. Als ein leidenschaftlicher Verehrer feierte Wodka jedes Jahr diesen Tag. Auch ging er dann immer zu dem im Krieg zerstörten Schopenhauer-Haus, um dort seine Glückwünsche auszusprechen. Es lag nur wenige Schritte von seiner Wohnung entfernt.

Da klingelte sein Telefon. Er ignorierte es, denn an dem heutigen Tag wollte er nur mit Arthur zusammen feiern. Doch schließlich siegte die Neugier. Er nahm den Hörer ab und meldete sich mit leiser, langgezogener Stimme: »Feinwald«.

»Hallo Wodka, hier ist HaBe, du bist ja bestimmt an diesem kalten Tag zu Hause? Oder gehst du heute noch in eine Kneipe?«, tönte es fröhlich aus dem Hörer. HaBe war ein Freund, dem er gelegentlich sein Ohr lieh und dem er Ratschläge fürs Verfassen von Gedichten gab. Wodka schwieg. Er ließ HaBe weiterreden.

»Ich möchte dich gerne heute besuchen und dir meine neu geschriebenen Gedichte zeigen. Vielleicht hast du Lust, sie zu lesen?«

Wodka teilte ihm mürrisch mit, dass er eigentlich heute keine Zeit habe. HaBe setzte davon unbeeindruckt seinen Monolog fort und redete eine ganze Weile über das eiskalte Wetter. Wodka schaute indessen gelangweilt auf seine Ringe, die an jedem Finger glänzten, und teilte ihm schließlich ungehalten mit, dass er heute schon zu besoffen sei, aber um seine Gedichte zu lesen, sei er noch viel zu nüchtern. Wodka schaute zur leeren Wodkaflasche. Resigniert war er dann doch nicht abgeneigt Besuch zu empfangen, da er sich von HaBe eine volle Flasche Wodka erhoffte.

Geraume Zeit später klingelte es. Da die Wohnung im dritten Stockwerk lag und über keinen Türöffner für die Haustüre verfügte, musste Wodka immer ins Badezimmer gehen, in die Badewanne steigen und aus dem darüber befindlichen Fenster den Schlüssel nach unten werfen. Bei einer dieser Aktionen war er einmal in der Wanne ausgerutscht, woraufhin er mehrere Tage mit gebrochenen Rippen im Krankenhaus verbracht hatte.

Der Schlüssel landete auf HaBes Kopf und fiel dann auf den vereisten Hof. Weil ihm das Treppenhaus nicht sehr einladend vorkam, sprang HaBe die Treppe mit großen Schritten hinauf. Oben angekommen erblickte er die halbgeöffnete Wohnungstür und trat ein. Gut gelaunt packte HaBe aus seiner Jute-Tasche zwei Flaschen Wodka und stellte sie auf den Schreibtisch. Wodkas Augen leuchteten wie zwei Sterne. Durch die eisige Kälte hatten inzwischen die Flaschen auch eine entsprechende Temperatur erreicht. Wodka bemerkte sofort, dass sich in der Jute-Tasche auch die Gedichte befanden und hierfür war sicherlich die zweite Flasche Wodka gedacht.

Das Gespräch eröffnete er sogleich über HaBes Schreibversuche und beschimpfte ihn. Seine Texte seien eine Beleidigung für jeden denkenden, schreibenden und lesenden Menschen. Er sei ein Stümper und solle einen Schreib-Kurs an der VHS belegen oder sich einige Bücher über »Kreatives Schreiben« kaufen. Selbst die Caritas biete inzwischen Schreibkurse an. Das, was HaBe auf Papier bringe, sei kein Schreiben, sondern Klempnern. Und Hobbylyriker hasse er sowieso.

HaBe kannte solch unflätige Worte bereits, öffnete geruhsam eine Flasche Wodka und schenkte zwei Gläser ein.

Nach einem großen Schluck wurde Wodka wieder versöhnlicher und teilte ihm mit, dass er einen Verlag mit dem Namen *Giraffe* gegründet habe. Wenn HaBe die mitgebrachten Schreibversuche im Bukowsky-Stil umarbeiten könne, wäre er vielleicht bereit, ein Buch mit seinen Gedichten zu verlegen.

Die Flasche Wodka hatten sie zügig ausgetrunken. Wodka schaute auf seine zwei Armbanduhren. Er trug immer zwei, eine für dieses Leben und eine für das nächste. Schließlich holte er von der Garderobe seine Regenjacke und zog sie hektisch über seinen Kimono. Er erklärte HaBe, dass er nun Arthurs Geburtstag feiern müsse. HaBe war das nicht geheuer, denn für einen Kneipenbesuch waren sie schon zu besoffen. Wodka klärte ihn schließlich darüber auf, dass es sich um seinen Lieblings-Philosophen handele und dass er das jährliche Geburtstagsritual immer vor dessen ehemaligem Haus feiere. HaBe blieb nichts weiter übrig, als den Geburtstag mitzufeiern. Wehleidig erwähnte Wodka noch, dass sich leider an das jährliche Geburtstagsritual immer eine Grippe anschließe.

Wodka nahm den Kerzenleuchter und packte die volle Wodkaflasche und zwei Gläser in eine Tasche. Seine Mokassins behielt er an, obwohl sie für das Wetter völlig ungeeignet waren.

Der eisige Wind und der einsetzende Schneefall ließen sie langsam und vor Kälte zitternd durch den gefrorenen Matsch zum ehemaligen Schopenhauer-Haus gehen. Dort stellten sie die Flasche, die Gläser und den Kerzenleuchter auf den Gehweg und versuchten die Kerzen anzünden, die durch den heftigen Wind immer wieder ausgingen.

Wodka goss die Gläser voll und rezitierte brüllend gegen den eisigen Sturm:

*»Der Reichtum gleicht dem Seewasser, je mehr man davon trinkt, desto durstiger wird man.«*

»Ich bin aber nur durstig, mein lieber Freund, und nicht reich«, sagte Wodka. »Und außerdem bin ich sehr glücklich, dass ich immer das Gegenteil von deiner pessimistischen Philosophie für richtig halte. Prost auf die nächsten Jahre, alter Knabe.«

Die vorübergehenden Passanten schauten irritiert auf die beiden Gestalten. Ein Mann, eingemummt in einen großen Schal, mit Fellhandschuhen und dicker Russenmütze, blieb stehen, lauschte den Worten und ging dann auf Wodka zu: »Soll ich Ihnen einen Krankenwagen rufen oder möchten Sie gleich in die Klinik nach Niederrad eingeliefert werden?«

Wodka antwortete feierlich mit den Worten Schopenhauers:

>*»Was kann man denn Viel von einer Welt erwarten, in der fast alle bloß leben, weil sie noch nicht haben sich ein Herz fassen können, um sich todtzuschießen.«*

Der Passant zeigte ihm den Vogel und ging seiner Wege. HaBe, der durchgefroren nach seiner Mütze in den Manteltaschen suchte und seinen Schal enger um den Hals schlang, beschloss nach Hause zu gehen und verabschiedete sich. Frierend eilte er über die Alte Brücke davon. Wodka blieb noch eine ganze Weile stehen und murmelte ehrerbietig weitere Geburtstagsgrüße. Der immer heftiger werdende Schneefall ließ ihn fast zu einer eisigen Figur erstarren. Schließlich nahm er die Flasche mit dem verbliebenen Wodka, die Gläser, den Kerzenleuchter und schlurfte steif durch die Kälte nach Hause.

Nach Schopenhauers Geburtstag bekam HaBe eine schwere Erkältung, die er im Bett auskurierte. Den abendlichen Kneipenbesuchen trauerte er nach. Da Wodka an Schopenhauers Geburtstag angedeutet hatte, dass ihn danach seit Jahren regelmäßig die Grippe ins Bett zwinge, wollte HaBe ihn angesichts seiner eigenen Bettlägerigkeit nicht anrufen.

Er beschäftigte sich unterdessen ausgiebig mit Fernsehen und las in Bukowski und anderen Büchern. Zum Dichten und Schreiben hatte er aber weder Kraft noch Lust. Außerdem war das Lesen der Tageszeitung für ihn wichtig.

Als er an einem Wochenende in der Tageszeitung die Todesanzeigen überflog, stockte ihm der Atem, denn er entdeckte folgende Anzeige:

*Ihr klagt über die Flucht der Zeit, sie würde nicht so unaufhaltsam fliehen, wenn irgendetwas, das in ihr ist, des Verweilens wert wäre.*

*Arthur Schopenhauer*

Unser Freund Wilhelm B. Feinwald verstarb nach kurzer schwerer Krankheit.

# Mainufer

Der blassgoldene Mond spiegelte sich auf der grauen Oberfläche des Flusses. Harry und Charly wachten in ihren Schlafsäcken unter der *Alten Brücke am Main* auf. Es war früh am Morgen und Feuchtigkeit lag in der Luft. Sie rollten ihre Schlafsäcke zusammen und klemmten sie unter den Arm. Dann gingen sie langsam am Mainufer entlang, um Pfandflaschen zu sammeln und nach sonstigen liegengelassenen, vielleicht brauchbaren Dingen zu suchen.

»Harry, schau doch mal, dort drüben liegt jemand auf der Bank!«

»Der wird seinen Rausch ausschlafen. Lass uns mal näher ran gehen!«

Beide schlichen zur Bank und betrachteten den schnarchenden Mann.

»Harry, lass uns doch mal in seinen Taschen schauen, ob der Kohle hat,« flüsterte Charly.

Sie musterten den auf der Bank schlafenden Mann und spähten nach allen Richtungen um sicherzugehen, dass keine Spaziergänger in der Nähe waren.

»Charly, greif dem mal vorsichtig in die Brusttasche!« befahl er leise.

Charly langte schnell und gekonnt in den Mantel.

»Mensch, der Mantel ist ein feines Stöffchen«,
sagte Charly.

»Leise, leise!«, gab Harry zur Antwort.

Charly griff vorsichtig in die Brusttasche des
Mantels und nahm geräuschlos die Brieftasche
heraus. Sie enthielt Bargeld, Kredit- und EC-Karten. Ein Handy fanden sie auch, aber Charly schob
das Handy vorsichtig zu dem in der Manteltasche
befindlichen Schlüssel zurück.

Dann entfernten sie sich mit schnellen, großen
Schritten.

Der Mann auf der Bank erwachte, setzte sich auf-
recht, sah auf die gegenüberliegende Frankfurter
Skyline und den grau fließenden Main. Die Feuchtigkeit der morgendlichen Luft empfand er als
unangenehm. Er zog fröstelnd seinen Mantel enger um sich und wickelte seinen Schal mehrmals
um den Hals. Sein Kopf schmerzte und die Glie-
der fühlten sich schwer an. Nach mehreren Auf-
stehversuchen setzte er sich wieder kraftlos auf
die Bank zurück. Instinktiv griff er in die Brusttasche seines Mantels und stellte fest, dass seine
Brieftasche fehlte. Das Handy und den Schlüssel-
bund fand er in der Manteltasche. Übermüdet

schaute er sich nach allen Seiten um. Ihm wurde bewusst, dass er bestohlen worden war. Sollte er sofort zur Polizei gehen und den Verlust melden? Er musste sich dringend daran erinnern, wo ihm die Brieftasche abhandengekommen sein konnte.

Zusammen mit Freunden und seiner Freundin Claudia hatte er am Abend in einem italienischen Restaurant gespeist. Zu später Stunde waren Claudia und er zu ihrer Wohnung spaziert, die direkt am Main lag. Claudia liebte die Musik Frank Sinatras und so hatten sie den ganzen Abend nur diese eine CD gespielt. Sie hatten eng umschlungen getanzt und nach der zweiten Flasche Rotwein die dritte getrunken. Zwischendurch hatte Claudia einige Gläser Tequilla gepichelt. Sie hatte sich auf die Couch gelegt und zu theatralischem Sarkasmus geneigt. Bald hatte er sich genug Feindseligkeiten und Grobheiten angehört und sich verabschieden wollen. Plötzlich war Claudia von der Couch gefallen und regungslos auf dem Boden liegen geblieben. »Betrunkene Blondinen gibt es im Dutzend billiger,« hatte HaBe sinniert, doch das erzeugte kein Glücksgefühl, sondern Fluchtgedanken. Mit aller Kraft hatte er sie zurück auf die Couch gehoben, rasch Mantel und Schal genommen und war aus der Wohnung gehastet.

Alkoholisiert, mit langsamen Schritten war er in das nahegelegene Frühlokal *Laternchen* gegangen. Mit einer blonden Frau, die ihn mit Kalenderweisheiten ununterbrochen zuquatschte, hatte er noch mehrere Biere getrunken. Nachdem er ihr ein Piccolo spendierte, hatte er gezahlt und sich verabschiedet. An mehr konnte er sich nicht mehr erinnern.

In diesem Zustand beschloss er, konnte er nicht zur Polizei gehen. Langsam schwankte er die Stufen des Mainufers hoch und lenkte seine Schritte in Richtung seiner Wohnung.

Um seine Mitbewohnerin Anna nicht zu wecken, schloss er leise die Tür auf und schlich in sein Zimmer. Anna aber war noch wach oder bereits aufgewacht und rief: »Guten Morgen HaBe, danke für die DVD mit dem Krimi. Der Kerl hat tatsächlich seine Freundin umgebracht und kann sich jetzt an nichts mehr erinnern. Ein toller Film, fast wie im richtigen Leben. Einfach Klasse!«

Mit diesen Worten kam Anna aus ihrem Zimmer und wollte mit ihm über den Film diskutieren. Dazu fühlte sich HaBe nicht mehr in der Lage und versprach später mit ihr darüber zu reden. Mantel und Schal ließ er auf einen Stuhl und sich selbst ins Bett fallen. Die Polizei, die Kredit- und EC-Karten-Sperrung lagen in weiter Ferne.

HaBe schlief tief und fest, als es laut an seiner Zimmertür klopfte und diese schlagartig aufgestoßen wurde. Vor seinem Bett standen zwei Polizeibeamte in Uniform und ein gutaussehender

Mann, der den Duft eines wohlriechenden After-shaves verbreitete. Er wollte wissen, ob er eine gewisse Claudia Kaufmann kenne? Der vor ihm stehende Mann zeigte einen Ausweis und erklärte ziemlich unsanft, dass er Kriminalkommissar Dehm-Riegel sei und ihn bitten müsse, mit ins Polizeipräsidium zu kommen. Frau Kaufmann sei in ihrer Wohnung ermordet aufgefunden worden.